SÉBASTIEN RUTÉS

# Pas de littérature !



nrf

GALLIMARD

De ses quinze ans à enseigner la littérature latino-américaine à l'université, Sébastien Rutés garde cette idée de Jorge Luis Borges qu'il n'y a pas de meilleure biographie pour un écrivain que ses œuvres (et B. Traven ajoute : « Sinon, soit ce sont les œuvres qui ne valent rien, soit c'est l'homme »). La biographie de Sébastien Rutés comporte sept romans de genres très divers, dont un écrit à quatre mains et en deux langues avec un ami mexicain, ainsi que plusieurs traductions qui, si les personnages du roman que l'on va lire n'ont pas tout à fait tort, doivent parler aussi un peu de lui. Tout est dit pour qui sait lire entre les lignes.

*À mes amis traducteurs :*
*Christilla, René, Nathalie et les autres*

Je ne vois pas pourquoi les poètes ne sont pas rangés parmi les truands

**VICTOR HUGO**, *Notre-Dame de Paris*

Le Trou de la Pomme de Pin
N'est plus qu'un bar américain.
Il y a quelque chose de pourri
Au royaume de truanderie

**GEORGES BRASSENS**, *« Le moyenâgeux »*

# UN

Gisèle me tendit le chapitre qu'elle venait de traduire. J'allai m'asseoir sous la fenêtre pour le lire.

*Le détective se présenta chez l'écrivain le lendemain en fin de matinée. C'est son épouse qui ouvrit. Peter Gondola ne s'y attendait pas. Pour lui, les écrivains étaient des êtres solitaires trop dans la lune pour s'occuper d'une femme. Surtout d'une femme comme celle là. À presque midi, elle portait un déshabillé ouvert sur une nuisette échancrée qui dévoilait la naissance de sa poitrine encore ferme. Un jour, Gondola avait entendu dire que les femmes d'écrivains tombaient en réalité amoureuse d'une œuvre. Parce qu'elles n'avaient pas su faire la différence entre un roman et la réalité, elles finissaient mariée à un maigrichon à lunettes qui passait ses nuits à taper à la machine en fumant.*
*Quel était le chef-d'œuvre qui avait pu conduire celle-ci devant l'autel ?*
« Mister Underwood, please ? »
*Elle le regarda comme s'il venait relever le compteur d'eau.*

*Sans rien dire, elle lui tourna le dos et rentra dans la maison en laissant la porte ouverte. Peter Gondola le prit pour une invitation.*
*Elle s'était rassise sous la baie vitrée, ses jambes nues sur un repose-pied. Elle lisait le* Los Angeles Times, *une tasse de café à la main. Il y avait dans sa pose quelque chose de familier, presque vulgaire, mais sensuel à la fois.*
*« Il dort.*
*— Vous ne voudriez pas le réveiller ? C'est important.*
*— Pourquoi vous n'y allez pas vous-même ? La femme de ménage est en congé. »*
*Elle désignait le couloir sans quitter son journal des yeux. Le détective haussa les épaules.*
*Les rideaux de la chambre étaient tirés. Ça sentait le tabac froid et le parfum de femme. Le lit défait était vide. Sur une table de nuit,* Martin Eden, *de Jack London. Le genre de trucs que Peter Gondola lisait, à une époque. Dans le tiroir, il trouva des tubes de somnifères et un Colt.*
*« Il n'est pas là, dit-il quand il revint dans le salon.*
*— Alors c'est qu'il est ailleurs. »*
*Elle avait des lèvres à vous dicter vos dernières volontés. Gondola dégagea le repose-pied d'un coup brusque, elle bascula en avant et se retrouva debout sans savoir comment. Le café coulait sur sa nuisette. Elle voulut le frapper avec le journal mais il lui attrapa le poignet.*
*« Je suppose que vous ne pourrez pas me dire où il se trouvait il y a deux nuits ?*
*— Ça vous étonne ? »*
*Il n'y avait plus aucune arrogance dans sa voix, seulement*

*la colère d'avoir été percée à jour. Le roman de la grande dame tombait à plat. Le rôle taillait trop grand.*
*Pourtant c'était elle qui avait poussé le détective à lire entre les lignes en l'envoyant dans la chambre nuptiale constater les vides du scénario.*
*Tous deux savaient ce qui se passerait au chapitre suivant.*
*Peter Gondola l'attira contre lui.*
*Ses lèvres avaient un goût de* happy end.

Il faisait gris sur Paris. Le macadam luisait encore après l'orage de la nuit. À cette heure matinale, c'était le défilé des employés de bureau. Rue de Turbigo, les regards s'écrasaient sur un décor de façades identiques. Par sa fenêtre, un type comme moi était peut-être en train de regarder de ce côté-ci en espérant que quelque chose finisse par arriver.

Que pouvait-on bien voir à travers une baie vitrée à San Francisco ? Rien de bien folichon, à en croire les romans qu'on publiait à la Série Noire : des docks, des entrepôts, des cargos rouillés pleins de coolies chinois… Les magazines, en revanche, montraient l'océan Pacifique, le Golden Gate, la baie et des pin-up en maillot baignées dans une lumière dorée.

La réalité devait se trouver quelque part entre les deux.
Ou très loin.
Comment savoir ?
Je m'assis à ma table de travail pour corriger la traduction.

*Il se pointa chez le babillard aux aurores. Les lèvres de la pépée qui lui ouvrit donnaient envie d'en faire son petit-déjeuner. Comme toujours après une nuit blanche, Peter Gondola n'avait pris qu'un café, il avait comme un petit creux. Vu le morceau, gare à l'indigestion !*

*Elle portait un déshabillé affriolant et des gouttes perlaient sa peau comme si elle sortait de la piscine.*

*Sans un mot, le détective désigna la main qu'elle tenait cachée dans son dos. Elle sortit un Colt aussi long que son bras, avec le sourire d'une môme prise à reluquer par le trou de la serrure de la chambre de ses parents.*

*« Vous êtes toujours aussi prudente ?*

*— Faut bien. Le monde est plein de malfaisants.*

*— Je dois montrer patte blanche ?*

*— Laissez vos pattes où elles sont. »*

*Elle le précéda à l'intérieur et jeta au passage le flingue sur une table encombrée d'un Manhattan de bouteilles vides. Toute la pièce portait les stigmates d'une bamboche à tout casser. On savait s'amuser, dans cette taule.*

*« Je cherche Underwood.*

*— J'avais compris que vous ne veniez pas relever le compteur d'eau.*

*— Et ?*

*— Il va, il vient, il fait sa vie. Contentez-vous de cette réponse, c'est déjà pas mal. Si vous lui posiez la question, je ne suis pas certaine qu'il en aurait autant à dire sur mon compte. Par contre, branchez-le bouquins, et vous en avez pour la nuit.*

*— J'ai d'autres façons d'occuper mes nuits. »*

*Elle fit un geste de la main, du genre : arrête ton char, Ben-Hur… Elle n'était pas la nénette à frémir à l'allusion. Il y a le gibier qu'on attrape avec une pincée de sel et celui qui requiert du gros calibre. Peter Gondola n'aurait pas été contre sortir l'artillerie lourde de bon matin. Le chasseur avisé sait que c'est à l'aube qu'on fait les meilleures prises.*

*« Whisky ?*

*— C'est pas un peu tôt pour commencer ?*

*— Qui vous dit que je commence ? »*

*Elle dégotta deux verres à peu près propres et les remplit.*

*« Vous avez une idée de son emploi du temps d'il y a deux nuits ?*

*— Demandez à sa régulière...*

*— Je croyais que c'était vous.*

*— Moi aussi. »*

*Comme il n'y avait rien de plus à dire, ils laissèrent parler leurs mains. Celles de Mrs Underwood étaient de vraies pipelettes. Mais au moment où la conversation s'emballait et que les arguments parfois spécieux fusaient, un coup de feu derrière le détective y mit un point final.*

Je remplaçai « stigmates » par « traces », histoire de ne pas froisser le lecteur dévot, et retirai la référence à Manhattan, destinée à planter le décor mais qu'on jugerait trop littéraire.

La métaphore du petit-déjeuner m'avait été inspirée par l'heure matinale et l'allusion à la piscine par les pin-up en maillot de ma rêverie californienne. La réalité est comme ça, elle vous rattrape si vous ne faites pas attention.

Je laissai. Une de mes rares règles de traducteur stipule qu'un petit fantasme passé en contrebande ne peut pas nuire au sens général. Les textes s'enrichissent de nouveaux signifiés, comme dit l'autre, et moi, ça me fait du bien de m'extérioriser.

Pour le reste, le ton y était.

Littérairement, ça ne valait pas grand-chose.

Les lecteurs en raffoleraient.

« Tu n'y vas pas un peu fort ? »

Gisèle posait toujours la même question après avoir lu mes corrections.

« Politique éditoriale de la maison ! Je plaide non coupable. Tu connais le refrain : pas de littérature, pas de psychologie, de l'action et la réalité, rien que la réalité.

— La réalité... Qu'est-ce que ça veut dire, la réalité ?

— Il n'est pas un peu tôt pour la métaphysique ?

— Et personne ne dit plus "babillard" pour un écrivain.

— C'est comme ça que m'a appelé un ancien truand au Père Colombe pas plus tard que la semaine dernière.

— Il avait quel âge, ton vieux de la vieille ?

— L'âge d'avoir connu François Villon au cabaret de la Pomme de Pin. Qu'est-ce que tu penses de "gratte-papier" ?

— C'est toi le spécialiste de l'argot. Moi, je me contente de traduire de l'anglais. Raison pour laquelle il y a ton nom sur les livres et pas le mien. »

À vrai dire, les raisons, il y en avait deux. La première : le monde du roman noir est un monde d'hommes, il est nécessaire d'entretenir l'illusion que les histoires arrivent tout droit d'une arrière-salle de tripot sans passer par des mains aux ongles vernis dans des bureaux feutrés de Saint-Germain-des-Prés. Les romans doivent sentir la sueur, pas le parfum pour dames. Mes collègues du beau sexe en étaient réduites à prendre des pseudonymes masculins, sous peine de voir leur nom chaperonné par celui du patron sur les couvertures, question de crédibilité.

L'autre raison, plus embarrassante, était que je n'avais jamais confessé à ce cher Marcel Duhamel le petit coup de main dont je bénéficiais de la part de mon épouse. Tout le monde à la Série Noire me croyait parfaitement bilingue. Ces braves gens auraient été déçus d'apprendre que, si mon *tailor* était *rich*, mon anglais était pauvre, or je déteste décevoir, bien qu'ayant depuis tout petit des dispositions en la matière.

Et puis, pour être exact, ce n'était pas mon nom qui figurait sur les livres. Gringoire Centon, ça ne fait pas très rêve américain, quoique mon père ait toujours présumé de lointaines origines anglo-saxonnes, un genre de chevalier boiteux abandonné derrière lui par Richard Cœur de Lion sur la route des croisades, à l'aller, même pas au retour; moi, j'avais toujours entendu prononcer mon nom à la façon des santons de Provence et n'imaginais pas mes ancêtres autrement qu'à pousser des troupeaux de chèvres à travers la garrigue.

Martine, une des secrétaires de la Série Noire, avait imaginé de me rebaptiser Gregor G. Senton. La traduction m'étant une activité alimentaire dont je n'étais pas particulièrement fier, un pseudonyme me convenait. Le G. se voulait une référence à Edward G. Robinson, une des idoles hollywoodiennes de Martine, mais j'avais opportunément laissé Gisèle croire à un hommage secret...

« Et les auteurs ? Tu aimerais, toi, qu'on retouche un de tes romans comme ça ? »

Un de mes romans, ce serait vite vu. Je n'en avais publié qu'un, juste avant la guerre, immédiatement tombé dans l'oubli. Une histoire alambiquée de toilettes publiques dont j'imputais l'échec aux circonstances historiques exceptionnelles ainsi qu'au sort qui s'acharnait contre ma vocation. Alors, si la condition du succès était que quelqu'un prenne la peine de le réécrire, en javanais si besoin, je ne vois pas ce que j'aurais eu à redire. Je ne serais pas obligé de bricoler des traductions pour vivre...

« Ils sont bien contents de palper le blé de Gallimard, tes auteurs.

— Tu veux bien arrêter avec ton argot ?

— La plupart sont des alcoolos, anciens veilleurs de nuit, boxeurs ratés ou chauffeurs de taxi qui publient au lance-pierre dans des revues en mauvais papier. La fidélité des traductions, pas sûr que le concept leur parle autant qu'un bon paquet de francs français, même dévalués. Et puis d'ici qu'ils viennent vérifier... Au fond, tout le monde est content : eux, qui trouvent chez nous la notoriété qu'on leur refuse là-bas, et le lecteur français, lequel a des idées très arrêtées sur ce à quoi devrait ressembler l'Amérique sans y avoir jamais mis les pieds. Quel mal y a-t-il à lui donner ce qu'il veut ?

— Je croyais que le pur artiste créait sans se soucier des contingences du temps ?

— Moi, c'est différent : je n'ai pas besoin de vendre des romans pour vivre. »

En toute honnêteté, c'est précisément parce que je ne vendais pas de romans que j'en étais réduit à jouer les traducteurs. Avant-guerre, je m'étais lié d'amitié avec quelques écrivains en devenir qui étaient plus devenus que moi, et auxquels mon passage à Londres pendant la guerre avait donné l'idée de me caser à la naissante Série Noire, autant pour me venir en aide que pour blanchir leurs états de service à l'ombre d'un soi-disant résistant. Si on m'avait proposé de passer le balai rue Sébastien-Bottin, je ne suis pas certain que j'aurais été en mesure de refuser.

« Si c'est vraiment ce que le lecteur veut, pourquoi tu n'en écris pas un, toi, de roman noir ? »

La voilà qui revenait à la charge. Me faire écrire un roman noir, c'était son obsession. L'amour la motivait. Mes ambitions créatrices en berne, Gisèle voyait bien que je déprimais à mettre une plume que je jugeais brillante au service d'auteurs que je n'estimais guère. Les arguments de bon sens ne manquaient pas : j'avais mes entrées dans la maison d'édition, je connaissais parfaitement les attentes du directeur de collection et je m'étais forgé, à force d'expéditions ethnographiques dans les bars louches, un maniement de l'argot plus qu'honorable.

Gisèle trouvait d'ailleurs que j'en abusais et prenait pour de la jalousie d'auteur ma frénésie à en truffer ses traductions.

Elle avait raison.

J'avais beau ne pas en parler un traître mot jusqu'à récemment, l'argot était devenu le refuge de mes prétentions stylistiques, et ma petite vengeance sur ces soi-disant écrivains auxquels je me sentais injustement assujetti.

Le changement de registre était devenu ma façon d'exister.

Seulement voilà, la forme ne fait pas tout : l'esprit formé aux intrigues psychologiques raffinées, je n'avais pas le début d'une idée pour une histoire de roman noir.

« Et le coup de feu final, il sort d'où ?

— Si le récit perd en intensité, il faut faire apparaître un type avec un flingue. Je ne sais plus quel écrivain a dit ça. »

J'inventais souvent ce genre de citations apocryphes pour clore les débats avec Gisèle. Connaissant son respect de l'argument d'autorité, je les attribuais généralement à quelque vague célébrité, mais cette fois l'imagination m'avait manqué. Elle n'était d'ailleurs pas dupe de mon stratagème, surtout lorsqu'il versait dans ce genre de parodie, mais au cas où la citation serait vraie, elle préférait un silence prudent plutôt que de passer pour une andouille.

« Mais tu peux l'enlever, si tu veux. »

Elle ne s'en priverait pas. Nous nous menions ainsi une guéguerre dont chaque texte à traduire était le champ de bataille. Les concessions que nous faisions, elle à mes envolées créatrices, moi à sa littéralité servile, relevaient de ces petits réglages dont tous les couples ont périodiquement besoin. Nos scènes de ménage portaient sur des interprétations, nous nous envoyions des messages par versions interposées. Parfois, l'un d'entre nous optait à dessein pour le mot qui fâche, des traductions à double sens, des omissions coupables, des faux-sens provocateurs. Une virgule ajoutée ou retirée se transformait en casus belli. Le texte entre les mains, elle et moi exercions notre autorité en solitaire, comme on dit à un enfant du mal de l'autre parent dans son dos.

Chacun dépassait légèrement les bornes, histoire de mesurer son pouvoir, nous redéfinissions ainsi les limites de nos relations professionnelles et conjugales. Elle me reprochait mes infidélités, je lui reprochais son conventionnalisme, comme n'importe quel autre couple, au détail près que nos disputes à nous étaient linguistiques.

Et puis tout reprenait sur des bases saines.

C'était notre façon de casser la vaisselle.

Avec la grossière provocation du coup de feu, j'avais marqué un point, et un autre en offrant à mon adversaire l'occasion de battre en retraite dignement. En censurant ma traduction, elle aurait la satisfaction d'avoir enrayé mon offensive.

Gisèle aimait avoir le dernier mot; c'est important dans un couple de traducteurs.

On hisserait le drapeau blanc et il ne serait peut-être plus question de roman noir pour un temps.

## DEUX

Hélas, le sujet revint sur la table à l'heure du dîner. Gisèle était un cordon-bleu qui ne cuisinait jamais aussi bien qu'après nos disputes théoriques.

Moi, je me donnais de l'importance en passant après elle pour goûter les plats et recommander de les assaisonner de ceci ou cela, comme je saupoudrais d'argot ses traductions. Gisèle faisait semblant de suivre mes conseils.

En réalité, elle n'était pas qu'une cuisinière et une traductrice hors pair, elle excellait à peu près en tout. Je vivais auprès d'elle comme une bernique accrochée à son rocher, uniquement consolé de mon destin parasite par son indécollable foi en mon talent littéraire.

« Tout de même, Gringoire, pendant la guerre, à Londres, tu as dû en voir des choses à raconter », attaqua-t-elle en servant la blanquette.

Je n'avais pas vu grand-chose à Londres, en tout cas rien qui mérite d'être raconté, encore moins dans un roman noir. Peut-être un guide touristique, dans le meilleur des cas. Simple brancardier, j'avais été évacué de Dunkerque à la place d'un presque homonyme, sous-officier du 8e régiment de zouaves. Resté sur la plage, l'homme fut capturé, s'évada pour rejoindre un maquis et fut fait compagnon de la Libération. De quoi, j'espère, atténuer la rancœur provoquée par ce malheureux quiproquo, dont, à ma décharge, un troufion anglais lisant mal le français porte la responsabilité plus que moi. Et s'il m'imagine voguant vers Douvres à bord d'un puissant destroyer de la Royal Navy, qu'il se rassure : c'est à fond de cale d'un poussif coquillier néerlandais que je fis la traversée.

Arrivé à Londres par hasard, c'est volontairement qui j'y étais resté, quand une grande partie du contingent français avait choisi le rapatriement après l'armistice. Je m'étais imaginé que les intellectuels de mon pays occupé prendraient en masse le chemin de l'exil et que, comme tant d'illustres prédécesseurs, de Voltaire à Verlaine en passant par Chateaubriand et Hugo, c'est la Grande-Bretagne qu'ils choisiraient. Il faut bien l'avouer, en matière de vie intellectuelle française, Londres ne valut pas le Paris des collabos ou la Riviera de l'intelligentzia bourgeoise, et le profit que j'avais espéré en tirer après la guerre fut, à l'exception de ma vague réputation de gaulliste, à peu près nul. Pendant les alertes, je lisais les romans anglais de Valery Larbaud à la chandelle, comme si la vraie Londres ne s'écroulait pas au-dessus de ma tête. Aujourd'hui encore, je garde des souvenirs plus vifs de ces pages pleines du spleen du dandy que de mes propres tribulations. Entre les bombardements, je suivais sa piste dans Chelsea, ou celle de Rimbaud à Camden, un recueil de poèmes à la main, sans jamais m'approcher, même par hasard, des lieux où s'écrivait l'histoire de la France libre. Que pourrais-je bien avoir à raconter qui n'ait déjà été dit ?

« Alors, fais comme les autres, trouve-toi un bon fait divers. Les crimes, c'est pas ça qui manque, il y en a pour tous les écrivains. On dirait même que c'est fait pour...

— Un fait divers ? Tu n'y penses pas ! Les gens ont eu la guerre, les hécatombes, l'holocauste, la bombe atomique, alors un simple petit fait divers... Le lecteur est devenu exigeant, il veut de l'hémoglobine pour son argent. À moins d'un génocide, le livre lui tombe des mains. Et puis surtout, la violence, il la veut loin. Il en a soupé, du crime à la française. Il s'intéresse au monde, il veut savoir comment on tue ailleurs. Avec les millions que distribue l'Oncle Sam et le souvenir ému laissé par les G.I. à nos lectrices françaises, la mode est à l'américain !

— Alors fais-en, de l'américain. C'est si difficile que ça ? »

Une telle suggestion ne méritait que dédain, je me resservis de la blanquette en silence.

« Va voir des films pour t'inspirer. »

Elle savait bien que, par principe, je boycottais les productions hollywoodiennes depuis qu'un accord signé par le tout juste défunt Blum en avait imposé un quota dans les cinémas français. Avec le plan Marshall, c'était pire. Si l'on voulait l'argent des Américains, il fallait accepter aussi leurs films. Je ne marche pas dans ce genre de chantage !

« Et puis quoi, encore ? Je me mets au Coca-Cola ? »

Question rhétorique que je ponctuai d'une longue rasade de vouvray.

Gisèle trouvait élitiste mon antiaméricanisme. Moi-même, je n'en étais pas fier. Les Américains avaient pris une plus grande part que moi à la défense de ma patrie, sans doute était-ce la raison pour laquelle j'en rajoutais dans le nationalisme culturel afin de me racheter une conduite. Traducteur à la Série Noire, je contribuais activement à l'américanisation de la société française, mais je ne portais, question de principe, jamais de *blue-jeans* et refusais à Gisèle le Frigidaire dont elle rêvait.

« Alors invente. Tu as de l'imagination.

— Et le réel ?

— Le réel... le réel... Tout le monde veut du réel. Les Américains veulent du réalisme critique, les Soviétiques du réalisme socialiste. Tu crois que le lecteur fait la différence ? Tu ne serais pas le premier à écrire sur l'Amérique sans y avoir jamais mis les pieds.

— Non ?

— L'Anglais, celui des orchidées pour miss Blandish.

— Il n'y est jamais allé ?

— Boris Vian non plus.

— Son petit canular va lui coûter cent mille francs pour outrage aux bonnes mœurs, sans compter les arriérés que lui réclame le fisc pour n'avoir pas déclaré ses droits d'auteur.

— Ce n'est pas à toi que ça arriverait...

— Et encore, il a échappé à l'accusation d'assassinat par procuration.

— Tu n'écris pas de roman noir de peur de finir aux assises, c'est ça ?

— Je dis juste que la littérature, c'est sérieux. On ne peut pas raconter n'importe quoi au lecteur.

— Et si je t'aidais, moi ? Les États-Unis, je connais... »

Voilà !

On y arrivait.

On y arrivait toujours...

Avant moi, Gisèle avait été mariée à un Américain. C'était l'autre origine de mon antiaméricanisme, aussi irrationnelle que la première, et la raison pour laquelle je renâclais à me lancer dans ce projet que, une fois vaincue la répugnance de céder à l'air du temps, tout justifiait. Mais il y avait la jalousie envers cet ex-mari dont j'ignorais presque tout, pour avoir refusé de savoir, et l'inquiétude de me voir, une fois de plus, assujetti à ma femme, qui en saurait plus que moi sur mon sujet.

« Ce que j'en dis, c'est pour t'aider... »

Je le savais, et voilà bien ce qui m'exaspérait : supérieure à moi en tout, Gisèle ne poussait jamais son avantage qu'à mon profit, et si elle m'aidait autant pour un aussi piètre résultat, c'est que je ne devais décidément pas me montrer à la hauteur de ses efforts.

Gisèle croyait en ma vocation d'écrivain, sur la base de ce que l'amour lui faisait voir en moi plutôt que sur l'expérience, car je la soupçonnais, malgré ses éloges, de n'avoir pas su apprécier mon unique roman. Les yeux de l'amour, c'est bien connu, lisent en diagonale. Ce qu'elle aimait, c'était ma façon de parler de littérature. Elle pouvait m'écouter pérorer des heures, le soir, un verre à la main. À l'en croire, j'aurais fait un excellent professeur de lettres, sans pareil pour interpréter les textes et les expliquer. Or, je ne voulais pas interpréter, je ne voulais pas expliquer, je ne voulais pas traduire, je ne voulais qu'écrire.

« Trouve quelqu'un d'autre, alors. Il n'y a pas d'Américains dans tes bars ? »

Il y en avait, bien sûr. À la fin de la guerre, de nombreux G.I. étaient restés. Principalement des Noirs, qui avaient goûté à une égalité trompeuse, et quelques chauds lapins mariés à des Françaises par amour ou afin d'échapper à la cour martiale pour viol. Liberté, égalité, fraternité et *french kiss*, la plupart d'entre eux avaient été déçus, et ceux qu'on retrouvait dans les tripots que je fréquentais noyaient dans l'alcool l'amertume de n'avoir pas su rentrer au pays avant que l'accueil triomphal de la Libération ne dégénère en ostracisme ingrat. Il n'y avait rien à tirer de ces épaves.

« Il y en a bien un, mais…

— Rien ne t'oblige à boire du Coca-Cola.

— Malgré les pressions de l'ambassadeur américain, l'embargo est toujours en vigueur. Aux armes, citoyens ! Le gouvernement tient bon et nos héroïques bistrotiers résistent vaillamment à la cocacolonisation !

— Raison de plus. L'État te protège des chars russes et des soldats impérialistes.

— Et s'il me propose un chewing-gum ? »

# TROIS

Après six titres publiés en trois années d'existence, la Série Noire en sortait désormais deux par mois. Les traducteurs étaient nombreux, que Marcel Duhamel dénichait en dehors des sentiers battus de l'édition. Pas d'universitaires pour traduire les anciens veilleurs de nuit, les boxeurs ratés et les chauffeurs de taxi, rien que des diplômés de l'école de la vie. Les romans parlaient de la rue, ils devaient aussi parler son langage.

Formé au roman de mœurs, je pensais pour ma part que seul un vocabulaire sophistiqué pouvait rendre minutieusement compte des subtiles complexités de l'âme humaine. Mais aussi facilement que j'avais pris la place de mon homonyme sur le coquillier hollandais et avais par la suite enfilé le costume de traducteur sans comprendre trois mots d'anglais, je m'étais converti au credo vernaculaire. Si la guerre m'avait révélé quelque chose de moi-même, c'était ma capacité d'adaptation. N'écoutant que mon courage, je m'étais lancé, trois fois par semaine, dans l'exploration des bistrots mal famés des quartiers populaires. Armé d'un carnet et d'un crayon, j'arpentais les bas-fonds pour en rapporter quelques expressions authentiques, comme l'anthropologue des objets d'art primitif.

Marcel Mauss venait de décéder quelques jours plus tôt : j'étais le nouveau Marcel Mauss des bas-fonds.

À force de discrétion déférente et de respect scrupuleux des lois du Milieu, j'avais réussi à me faire accepter dans quatre ou cinq établissements où j'étais assuré de faire bonne récolte. Qu'on ne s'imagine pas les hauts lieux de la pègre, Gisèle ne m'aurait jamais laissé faire. C'était plutôt des petits troquets aux frontières du Mitan, peuplés d'ivrognes locaux, de vieux de la vieille gâteux et de jeunes aspirants venus répéter leurs poses de caïds dans les coulisses de la voyoucratie.

Moi-même j'étais parvenu, en prenant des airs pas commodes qui me laissaient des crampes à la mâchoire, à me fondre dans le décor et même à nouer certaines relations qui n'allaient guère au-delà d'un hochement de tête entendu en signe de reconnaissance. Voilà à quoi se bornait ma science, et du vaste territoire hostile qui s'étendait entre ces havres, je ne savais que ce que des indiscrétions de comptoir m'en laissaient deviner.

Mon intérêt pour les truands n'était que linguistique.

Le lendemain de cette discussion avec Gisèle, après dîner, j'enfilais la veste d'alpaga et la casquette à carreaux qui constituaient la panoplie habituelle de mes expéditions : mon déguisement de Chéri-Bibi, se moquait mon épouse, qui savait que mes lectures inspiraient mon style et le prétendait désuet.

Pour ce qu'elle y connaissait...

Moi, c'était surtout sur mes bottines de chevreau vernies que je misais, ayant lu quelque part que c'est à sa chaussure que le truand jauge son homme.

Ma journée avait été consacrée aux tâches ménagères. Trois jours par semaine, Gisèle travaillait comme sténodactylo au Palais de justice. À moi qui m'étais planqué à Londres, mes relations m'avaient valu une place de traducteur dans une prestigieuse maison d'édition. Elle qui avait résisté au péril de sa vie n'avait trouvé qu'un poste de secrétaire, et encore, à mi-temps. Les femmes avaient beau avoir fait tourner le pays en l'absence de leurs maris, le droit de vote et la fermeture des maisons closes semblaient aux hommes des concessions suffisantes à l'égalité des sexes.

Dans fraternité, il y a frère...

Toujours est-il que, imperméable au sexisme ambiant comme à la plupart des idées dans l'air du temps, je faisais le ménage et les courses les jours où Gisèle allait au travail. C'était la moindre des choses, sachant que, à son retour, elle cuisinerait notre dîner avant de se mettre à traduire pour mon compte.

À mon retour du marché, au coin de la rue de la Chanvrerie où mourut Gavroche, j'avais croisé Alfons qui surveillait le café Corinthe. Il y était toujours quand je ressortis le soir.

Alfons était espagnol. Dire qu'il parlait le français comme une vache de son pays serait exagéré. Disons une chèvre. Il m'avait si souvent imposé le récit de sa vie que j'avais fini par en débrouiller les grandes lignes. Soldat républicain, il avait traversé les Pyrénées à la victoire de Franco pour échouer dans un camp français, avant de s'en évader pour combattre les nazis. Capturé dans un maquis des Alpes, il avait été envoyé dans un camp allemand, dont les Américains l'avaient libéré, dans un état de santé suffisant pour l'affecter à l'intendance d'un bataillon. C'est là qu'il prétendait avoir aperçu Humphrey Bogart de loin, lors d'un gala de soutien au moral des troupes. De ce jour, lui qui n'avait jamais lu un livre n'avait pas manqué une projection de film noir. À force de beaucoup voir de films et de peu dormir, son cerveau se dessécha, comme dit l'autre, de sorte qu'il conçut, de retour en France, la chimère de devenir détective privé. Rien ne prédisposait ce paysan illettré à quitter sa terre natale, encore moins pour une si insolite profession. La guerre avait mis le monde en mouvement, créant partout une confusion qui aboutissait à ce genre d'absurdités. Et plus absurde encore était que depuis qu'il avait installé ce qu'il appelait pompeusement son cabinet de police privée dans mon quartier, il me poursuivait de ses questions, me prenant pour un expert.

« *Señor* Centon, me dit-il sans s'étonner de mon accoutrement, je voulais vous demander une opinion : il faudrait mieux que je fume des cigarettes ou la pipe ? »

Il prononçait mon nom à l'espagnole, le *c* la langue entre les dents, en accentuant la dernière syllabe, comme il disait *opinionc*.

« Le mieux serait des cigarettes américaines mais elles coûtent cher au marché noir. Qu'est-ce que vous préférez ?

— Moi ? Je déteste le tabac.

— Alors la pipe. Pas besoin de la bourrer, vous faites des économies et c'est meilleur pour la santé.

— Quel bon conseil ! »

Il cessa soudain de sourire.

« Elle a fini. Pardonnez-moi, je dois m'en aller. »

Je suivis son regard. Une jolie brune sortait du café Corinthe.

« Encore un cocu ?

— Hélas... »

Pendant la guerre d'Espagne, Alfons avait été secrétaire d'un commissaire politique, pour le compte duquel il avait mené quelques enquêtes parmi la troupe. Ceci expliquait sans doute ce retour de vocation. Malheureusement, depuis son installation, aucune affaire digne de cette époque ne lui était échue. Abonné à l'adultère banal, il en concluait à la déficience de ses méthodes, raison pour laquelle il requérait sans cesse mon expertise.

« Vous viendrez voir mon bureau ? J'ai changé le mobilier. »

Pour qui me prenait-il ? Un décorateur d'intérieur ?

Je promis, comme à chacune de nos rencontres, et lui reprit sa filature, dans sa gabardine trop grande pour lui, tandis que je gagnais l'île de la Cité.

J'espérais trouver mon homme au Lapin Blanc, un tapis fréquenté par les paumés du coin.

Il s'y trouvait, à sa table habituelle, ne devant qu'à sa qualité d'étranger qu'on tolère qu'il parle plus haut que les autres. On le surnommait le Ricain, mais connaissant la clientèle de la maison, il pouvait tout aussi bien venir de Nouvelle-Zélande ou du Labrador. Ce jeune costaud au teint rose baragouinait fort quelques mots de français, riait beaucoup et, contrairement à moi, ne se faisait jamais prier pour offrir des tournées.

G.I. ayant jugé prudent de ne pas rentrer à la maison afin d'échapper à une épouse protestante selon les uns, à une justice tatillonne selon les autres, il fréquentait le Lapin Blanc depuis environ un mois et nous ne nous étions jamais parlé.

Je saluai à la cantonade, commandai mon demi, caressai le gros chat à prunelles jaunes qui dormait sur le comptoir et allai m'asseoir à ma place, sous les solives noires du plafond bas et enfumé. Dans ce genre d'endroit, il est apprécié que le client solitaire garde ses oreilles fermées et ses yeux au fond de son verre. Personne ne demande rien à personne, à part de la discrétion. Découverts, mon carnet et mon crayon m'auraient valu une regrettable réputation d'indic et un traitement en conséquence. Ce pourquoi je m'enfermais souvent aux toilettes afin de noter des mots avant de les oublier, habitude qui, je ne l'ignorais pas, valait à ma vessie une compassion amusée et à moi-même une réputation d'inoffensif incontinent qui ne nuisait pas à mes desseins.

C'est sur un de ces trajets que le Ricain m'interpella :

« *Beer isn't good for you, why don't you try bourbon?* »

Insuffisant à traduire la grande littérature, mon anglais me permettait néanmoins de comprendre le sens de l'allusion. Je n'étais pas le seul, car toute la salle s'esclaffa, me laissant à penser qu'on ne se privait pas de parler de ma vessie en mon absence, signe que j'étais devenu, voyons le bon côté des choses, ce qu'on appelle une sorte d'habitué.

« Offert si gentiment... », répondis-je sans me démonter.

Et je m'assis d'autorité à sa table, ce qui ne déplut pas, car le patron nous servit avant même que le Ricain lui fasse signe.

Il n'en était assurément pas à son premier verre, ceci expliquait sans doute cela. Il devait aussi me connaître de réputation, car avec d'autres plus chatouilleux sur les bonnes manières, une telle familiarité lui aurait valu, à coup sûr, de compléter son séjour touristique par une visite guidée du fond de la Seine.

Il se lança dans un long monologue sur les vertus diurétiques de différents breuvages fermentés, du peu que j'en compris. Il avait un accent qui aurait aussi bien pu être du cockney ou du gallois que du texan, l'essentiel étant que je n'y compris presque rien. Mon séjour londonien, uniquement précédé d'une visite d'enfance à une vague cousine de mon père dans le Sussex, ne m'avait pas préparé à de tels distinguos. En s'en apercevant, il prit un air déçu qui m'interloqua : sauf à savoir ma condition de traducteur, il aurait difficilement pu s'attendre à ce que quiconque, dans un endroit pareil, soutienne une conversation en langue étrangère, à part bien sûr en corse.

« J'aime beaucoup l'Amérique », dis-je pour sauver la face.

Ce qu'il ne faut pas faire pour plaire à sa femme !

Cette entrée en matière me fit honte.

Et d'un, ce n'était pas vrai, j'étais antiaméricain comme la plupart des intellectuels français, communauté à laquelle je me targuais d'appartenir sans que personne ne semble s'en apercevoir. Et de deux, c'est une phrase qu'il avait dû entendre quelques milliers de fois depuis la Libération, j'aurais pu trouver plus original.

« Vous connaissez ? »

Personne ne m'avait jamais posé la moindre question dans ce bistrot, et je n'avais ouvert la bouche que pour commander. Cet Américain qu'on avait l'air d'accepter comme un mal nécessaire, une concession faite à l'époque, me sembla soudain plus proche qu'aucun de mes compatriotes. Éternel statut d'entre-deux du traducteur ! Sans doute notre mutuelle condition de pièces rapportées était-elle destinée à nous rapprocher.

« Pas du tout. »

En deux phrases, je n'avais rien réussi à dire que n'importe quel autre client n'aurait pas dit.

« Mais j'aimerais. »

En trois phrases.

Il se fit un silence embarrassé. Le Ricain semblait attendre quelque chose. Peut-être une invitation à parler de son pays natal. Il avait l'air d'en mourir d'envie et j'étais venu pour l'entendre.

« Je me demande à quoi ça ressemble. »

Son visage s'illumina.

« Il y a de grands espaces.

— Mais encore ?

— Il fait soif !

— À cause de la chaleur ? »

Il désigna son verre vide :

« Non, maintenant.

— Oh, pardon. »

Je fis signe au patron de remplir son verre. Moi, j'avais à peine touché au mien.

« Et il y a des crimes ?

— *Lot of crimes !* C'est ça, l'Amérique. La société d'abondance. Des Frigidaire, des juke-boxes, des machines à coudre *and all sorts of crimes. Small crimes, big crimes, crimes for everybody. Very good quality.* Le crime *made in USA is the best in the world.* Quelle sorte de crime vous intéresse ?

— Je disais ça comme ça », mentis-je.

Il se lança alors dans une histoire compliquée à propos d'une statue en or qu'un détective avait été chargé de retrouver. Chez nous, les détectives privés suivent les femmes infidèles mais, là-bas, ils recherchent des pièces de musée, question de culture. Alors, le détective avait un associé, dont l'épouse était sa maîtresse, et cet associé s'était fait tuer par une femme dont le détective était tombé amoureux, tellement amoureux qu'il en avait délaissé la veuve de son ex-associé, laquelle avait voulu se venger par la suite. La femme en question les avait engagés pour retrouver un homme dont elle prétendait qu'il était l'amant de sa sœur, mais c'était le sien, et elle croyait qu'il avait voulu la doubler de la même façon que lui et elle avaient doublé leur patron en gardant pour eux la statue qu'ils avaient volée pour son compte, statue qui représentait un genre de volatile local. Alors le patron en question envoyait deux tueurs pour reprendre la statue, mais la femme dont le détective était tombé amoureux l'avait confiée à un capitaine de bateau avec qui elle était en cheville, peut-être un autre de ses amants. Un des tueurs du patron avait tué le capitaine comme il avait tué l'amant de la femme que les détectives étaient chargés de retrouver. À la fin, le volatile n'était pas en or mais en plomb, et le Ricain ajouta quelque chose à propos de la matière dont sont faits les rêves.

Ça n'avait aucun sens, je le mis sur le compte de son franglais farfelu.

Ensuite, il parla d'un autre détective qui avait été engagé par un général dont un libraire faisait chanter la fille cadette. Le libraire s'était fait tuer et tout accusait la jeune fille, mais le coupable était probablement le chauffeur du général, amoureux de sa fille, dont on retrouvait le cadavre le lendemain dans la baie, peut-être victime d'un joueur professionnel qui avait déjà fait chanter la fille du général par le passé, ou d'un gangster propriétaire de la maison du libraire auprès de qui la fille aînée du général avait contracté une dette après qu'ils avaient fait disparaître le détective privé qui travaillait pour le général et dont la fille cadette était tombée amoureuse, alors que lui aimait l'épouse du gangster. Évidemment, le détective était tombé amoureux de la fille aînée. Les détectives privés tombaient beaucoup amoureux de leurs clientes aux États-Unis, c'est la première conclusion que je tirais de ces deux faits divers.

La deuxième : qu'il était vrai que tout y était plus grand, et les crimes très compliqués, rien à voir avec nos petits crimes français étriqués, ce qui ne facilitait sans doute pas la tâche des romanciers américains, que je commençais à regretter d'avoir critiqué. Ce que j'avais pris pour de la surenchère d'imagination en quête de succès facile n'était peut-être qu'une difficile imitation de la réalité.

Et troisièmement, en dépit des scènes de bonheur pavillonnaire véhiculées en couleurs par les images d'Épinal de l'*american way of life*, il semblait qu'il ne faille faire confiance à personne dans ce pays, surtout pas aux femmes : un détail culturel qui aurait son importance au moment d'élaborer une intrigue.

Après avoir tant parlé, le Ricain devait avoir soif. Je proposai une nouvelle tournée, en anglais, pour faire bonne mesure :

« *The little sister ?* »

Ça ne devait pas se dire comme ça car il eut subitement l'air troublé.

« Vous connaissez Chandler ? »

Je supposai qu'il s'agissait du même écrivain dont je prononçais le nom « Chandeleur ».

« Oui. Pourquoi ?

— Vous l'avez lu ?

— Non. Et vous ?

— Non plus.

— Alors ?

— Alors quoi ?

— Je vous remets la petite sœur ? »

Il éclata de rire, comme s'il venait de comprendre.

« *A little bit, my nephew.* »

Je crois qu'il se foutait doucement de moi.

Au fil de la soirée, les intrigues se firent plus tarabiscotées encore. L'alcool n'aidait ni le destinateur ni le destinataire du message, comme disent les théoriciens du langage, lesquels ne s'intéressent pas assez à ses conséquences sur la fonction d'expression.

À quel moment avions-nous migré vers l'Ouest ?

Des détectives privés, nous étions remontés aux cow-boys. Les attaques de trains et les vols de bétail qu'il me raconta m'auraient plutôt qualifié comme auteur de westerns, écrivain régionaliste, le Faulkner français. Je voulais de l'urbain, de la corruption, de la violence, il me parlait grandes plaines et chevaux sauvages.

Vers le dixième verre arrivèrent les Peaux-Rouges, les bisons et la cavalerie. Plus il buvait, plus il remontait dans le temps. Plus je buvais, plus j'échafaudais des romans de grands espaces dont le succès populaire ne faisait aucun doute.

Les Pères fondateurs n'étaient pas loin et moi, j'avais mon compte.

Nous nous quittâmes à bord du *Mayflower* en tombant dans les bras l'un de l'autre.

Le Pacte atlantique pouvait aller se faire voir : le rapprochement franco-américain, c'était nous.

# QUATRE

Nos conversations se poursuivirent les semaines suivantes. Mise au courant, Gisèle s'en félicita, comme si le mérite lui en revenait. Elle ignorait, en revanche, que l'avance accordée par Gallimard pour notre dernière traduction passait en tournées de whiskey pour prix de mon initiation.

« As-tu déjà une idée d'intrigue ? »

Nous étions assis à prendre le café sur le balcon. Au carrefour de Turbigo, au bout de notre rue, quelques centaines de personnes défilaient contre les guerres impérialistes à l'appel du parti communiste. Depuis l'éviction de ses ministres du gouvernement, trois ans plus tôt, les grèves s'étaient multipliées, notamment dans les mines et la sidérurgie. Avec le déclenchement des opérations militaires en Indochine, c'étaient les dockers. Les militants communistes faisaient face à une répression féroce et Maurice Thorez, dans son discours d'ouverture du XII^e^ Congrès, venait de les comparer aux premiers chrétiens persécutés.

Gisèle et moi vivions ensemble depuis trois ans derrière les Halles, dans cet appartement bourgeois trop cher pour nous, rue Mondétour, entre les rues de la Petite et de la Grande-Truanderie. Nous nous connaissions depuis l'école mais ce n'est qu'à la Libération que nous nous étions retrouvés. Entre-temps, elle s'était mariée à cet Américain avec lequel elle avait eu un fils. Ensemble, ils avaient assuré la liaison entre un maquis et les Alliés jusqu'au débarquement de Sicile. Après quoi, ils s'étaient séparés, pour des raisons peu claires, et l'Américain était rentré en Amérique.

Gisèle se serait-elle intéressée à l'adulte que j'étais devenu si elle n'avait pas connu l'enfant ? M'étant persuadé du contraire, et que, revenue de l'héroïsme viril de son premier mari, diplomate, ancien militaire, espion, que sais-je encore, c'était sa jeunesse qu'elle cherchait en moi, j'en rajoutais dans les enfantillages pour lui plaire.

Norman, le fils de l'Américain, avait fini par se lasser de ma concurrence. Après avoir vécu avec nous la première année, il avait préféré se réfugier dans une chambre de bonne du Quartier latin où il étudiait la sociologie. Nous le voyions rarement. Il militait au parti communiste, sans doute par défi pour son père. Son célibat forcené inquiétait Gisèle. En matière littéraire, il ne jurait que par le formalisme russe. Il détestait mon roman, cette « farce bourgeoise décadente », et plus encore mon désir de lui donner un petit frère.

Gisèle, en revanche, n'était pas contre mais l'âge la rattrapait et notre situation financière n'était pas bonne, pire encore que je l'imaginais si ma femme en était réduite à tabler sur les droits d'auteur de mon futur roman.

« Il n'y a pas matière dans ce qu'il m'a raconté mais

j'apprends à connaître le contexte culturel. C'est important pour construire des personnages crédibles.

— Aucun des personnages des romans que nous traduisons n'est crédible. Tu connais beaucoup de détectives privés ?

— En France, on les appelle enquêteurs privés. La loi 42-891 du 28 septembre 1942 leur impose des conditions d'honorabilité sur le territoire national et ils sont regroupés dans l'Association nationale de la police privée. »

Elle me fit des yeux ronds. Toute ma science en la matière, je la tenais des élucubrations d'Alfons, mais ce mélange d'admiration et de méfiance dans le regard de mon épouse n'avait pas de prix.

Je la laissai croire que je m'étais livré à un important travail de documentation.

En réalité, je m'étais contenté d'écouter les récits du Ricain et n'étais pas beaucoup plus avancé. Sur son compte, je n'en savais guère. Il se prénommait Johnny. Lui m'appelait Greg. Impossible d'établir avec certitude dans quel État il était né. Ses histoires de la côte Est me semblaient un peu plus précises que ses contes du vieil Ouest, sans jamais me convaincre. Il prétendait avoir bourlingué dans tout le pays pour un métier pas très clair. Parfois, je penchais pour la contrebande d'alcool. Il ne s'appelait pas Johnny mais Giovanni, appartenait à une famille de mafieux italo-américains et avait abandonné le Chicago de la prohibition pour aller porter secours à la vieille Europe de ses ancêtres. D'autres fois, je le voyais représentant de commerce, voyageant de motel en motel pour placer des polices d'assurance à des paysans du Midwest ruinés par la Grande Dépression.

Il avait de la culture, plus qu'on pourrait en attendre d'un mafioso ou d'un vendeur d'assurances, quoique je n'aie jamais rencontré ni l'un ni l'autre. Il semblait connaître la littérature anglo-saxonne, qui m'était complètement étrangère – exception faite des romans que j'avais traduits –, à moi qui, pour construire mon style, ne lisais que les grands auteurs classiques français. À plusieurs reprises, je soupçonnai Johnny d'enjoliver ses récits de souvenirs de lecture, ce qui n'était pas pour me déplaire mais posait un problème moral : je ne voulais pas, croyant m'inspirer de la réalité même, réécrire le roman d'un autre.

Le personnage me déconcertait. Sa candeur joviale ne l'avait pas seule rendu populaire dans les lieux habituellement réservés que nous fréquentions : il se dégageait, sous la gaieté, une assurance que les hommes respectaient. Plus d'une fois, quand une lame brillait à l'autre bout de la salle, je l'avais vu se fermer, les deux mains à plat sur la table, le visage dur, sans cesser de sourire, et reprendre son récit là où il l'avait interrompu après l'altercation, comme si de rien n'était, quand bien même le sang avait coulé.

Après l'échec piteux de ma première tentative, j'avais renoncé à lui parler anglais. Lui s'exprimait dans un français à son image, parfois étonnant de précision, fluide, parfois brouillé d'anglais dans des proportions inégales. J'avais échoué à déterminer à quels moments et dans quelles circonstances il recourait le plus à sa langue maternelle, et aussi s'il existait des registres ou des champs lexicaux qu'il possédait moins bien dans la mienne. Pour un même mot, je l'avais entendu employer indistinctement l'anglais et différentes traductions françaises. La langue qu'il parlait résistait à l'étude du linguiste comme sa personnalité à mes analyses psychologiques.

Intrigué, je m'en ouvris à Gisèle, qui me suggéra immédiatement de faire de Johnny un personnage de mon futur roman. Mettre dans l'œuvre celui qui s'en trouve à l'origine, l'idée n'était pas mauvaise.

« Tant que tu y es, tu pourrais t'y mettre, toi aussi.

— Moi ? Et je fais quoi ?

— Le détective. »

Où allait-elle chercher tout ça ? Gisèle lisait beaucoup, elle aussi, mais de la littérature de gare, du roman à l'eau de rose où il n'aurait pas été invraisemblable qu'un espion un peu poète tombe éperdument amoureux de la belle nazie repentie. Il la traquerait à travers le monde en lui dédiant des sonnets, elle fuirait sans comprendre qu'il l'aimait et mourrait dans ses bras quelque part en Amérique du Sud, en citant Werther.

La jalousie que la grande littérature éprouve devant ces niaiseries écrites à la va-vite est celle des enfants de bonne famille qui observent tristement, à l'arrière de leur voiture de maître, les gamins des rues s'amuser avec un ballon crevé.

En soi, l'idée n'était pas mauvaise, mais elle venait encore de ma femme.

« Au mépris du danger, notre héros a encore éliminé deux

coquilles dans le texte qu'il corrigeait ! Les lecteurs vont adorer...

— *Fiction Murders* met bien en scène un écrivain. »

*Fiction Murders* était le roman de Charles S. Salem que nous étions en train de traduire pour la Série Noire. En français, Duhamel avait décidé de l'intituler *J'en parlerai à mon cheval*, allez savoir pourquoi. Il y était question d'un écrivain célèbre qui n'écrivait que sur des crimes non résolus. Ses romans avaient permis d'élucider de nombreuses affaires. Lui prétendait devoir ses succès à son imagination. En réalité, il n'en avait aucune, mais avait mis au point une méthode efficace : il traquait lui-même les criminels et, une fois qu'il les avait attrapés, les forçait, sous la torture, à raconter leurs coups dans les moindres détails, avant de se débarrasser d'eux. Le détective privé Peter Gondola commençait à enquêter sur ces délinquants découverts morts au moment où l'écrivain, ne trouvant plus d'affaire digne de lui, se décidait à commettre lui-même un crime méritant d'être raconté. Hélas, n'ayant pas plus d'imagination comme assassin que comme auteur, il n'y parvenait pas, et se résignait finalement à raconter son histoire dans une confession qui serait son chef-d'œuvre et son dernier roman.

« Un écrivain assassin. Bonjour le réalisme...

— Hammett aussi en a un.

— Ah.

— Tu as lu Hammett ?

— Vaguement.

— *Le faucon maltais* ?

— Comme le whisky ?

— Quel whisky ?
— Malté.
— Tu n'as jamais lu Hammett !
— Non, mais j'ai lu Victor Hugo.
— Quel rapport ?
— On ne peut pas tout lire. »

Pour couper court à cette conversation, je préférai me réfugier dans le travail.

Mais le travail, c'était encore Gisèle. Elle me tendit un chapitre traduit de *Fiction Murders*.

*Max le manchot se réveilla dans la plus étrange salle d'interrogatoire qu'il ait jamais vue. Pas de fenêtres, des murs entièrement capitonnés de livres, un fauteuil en cuir dans un coin. Il était menotté à un grand bureau par sa main valide. De l'autre côté, l'homme qui le suivait depuis la veille l'observait en sirotant un whisky. Il portait une robe de chambre confortable. De la musique douce résonnait quelque part.*

*Max se demanda comment il avait pu se faire avoir par un type pareil, qui pesait la moitié de son poids et, vu l'épaisseur des verres de ses lunettes, devait être complètement myope. D'une certaine façon, il aurait préféré se retrouver face à deux flics en bras de chemise, prêts à le tabasser pour lui faire cracher le morceau. Ça, au moins, il connaissait.*

*L'homme souriait. Il poussa devant Max un bloc de papier et un stylo plume en or.*

*« Le casse de la Wells Fargo. »*

*Ça ne ressemblait pas à une question.*

*« Vous êtes qui ? Un flic ? On est où ?*
*— Mettez par écrit comment les choses se sont passées. N'oubliez aucun détail. L'enlèvement du directeur m'intéresse particulièrement. Et aussi comment vous vous êtes débarrassé de votre complice, évidemment. »*
*Max sourit à son tour. Il leva son moignon :*
*« Il va falloir me détacher. »*
*L'autre reprit le bloc et le stylo :*
*« J'écrirai pour vous. Faites comme si vous me dictiez vos dernières volontés. »*
*Il y avait dans son ton quelque chose qui glaça le sang de Max. Ce n'était pas une plaisanterie.*
*« Je veux un avocat !*
*— Vous n'avez pas le droit de garder le silence, tout ce que vous ne direz pas sera retenu contre vous.*
*— Vous voulez quoi, au juste ? J'ai rien fait, vous vous trompez de type.*
*— Les crimes, c'est comme les livres. Ce n'est pas l'auteur qui est intéressant, c'est l'œuvre.*
*— L'œuvre ?*
*— Les auteurs meurent mais les œuvres perdurent. On devrait toujours s'effacer derrière sa création. Un nom sur une couverture, quelle vanité ! Homère, c'est comme Jack l'Éventreur : on ne sait pas qui c'est, c'est peut-être plusieurs personnes, et ça n'a pas d'importance, pas vrai ?*
*— Je comprends rien à ce que vous racontez.*
*— Moi, il faut bien que je signe mes romans, c'est l'époque qui veut ça. C'est malheureux, mais de quoi vivrais-je sinon ? Mais vous, vous n'avez pas à vous en faire, je vous*

*garantis l'anonymat. Personne ne pourra vous traiter de balance, c'est important dans votre milieu. Par contre, comprenez que le public a le droit de savoir comment un casse aussi magistral a pu se faire, vous ne pouvez pas garder ça pour vous. Ce serait comme refuser de publier un chef-d'œuvre inconnu !*

*— Vous êtes dingue. »*

*Underwood attrapa un gros volume relié sur une étagère et le balança à travers la figure de Max, qui tomba de sa chaise.*

*« Tu le comprends, le pouvoir du livre ? Toi, tu as commis un crime sensationnel, et moi j'en ferai une épopée. On passera à la postérité, toi dans les annales du crime, et moi au panthéon des lettres, si tant est qu'il y ait une différence. Alors maintenant, crache le morceau. Le lecteur attend ! »*

En deux coups de cuillère à pot, je le lui rendis corrigé.

*Max Cinq-Doigts n'avait rien vu venir. Des remorques, il en avait eu au train plus souvent qu'à son tour, personne n'avait jamais réussi à accrocher son tender. Jusqu'à l'accident de parcours !*

*Comment il était arrivé dans cette bouquinerie ? Le trou noir ! La fente qu'il avait au caillou devait pas y être pour que dalle.*

*Si c'était la demi-portion en face de lui qu'il fallait remercier, chapeau bas ! Vu sa carrure de demi-Vittel-fraise et ses hublots de sous-marinier, messieurs les hommes n'étaient pas près d'arrêter de se payer sa fiole, au Max. Si jamais il en sortait vivant...*

*Parce que le nabot savait travailler son bonhomme. Les poulets pouvaient en prendre de la graine! Tout à la pointe du stylo, façon tatoueur de bagne, sauf que sa seringue à lui était en or. Pour Max, c'était une petite consolation.*

*Y a pas à tortiller, si ce gratte-papier écrivait aussi bien qu'il faisait débagouler les autres, on tenait un candidat à l'Académie.*

*En moins d'une plombe, Max s'était mis à table, et pas pour le petit frichti : le banquet royal, il avait même repris deux fois du dessert.*

*Pas étonnant après ça qu'il ait piqué un roupillon.*

*Éternel.*

«Tu n'exagères pas un peu?

— Les états d'âme des écrivains, c'est de la littérature, le lecteur s'en moque.

— Je dois vivre dans un livre, alors...»

# CINQ

C'est à cette époque que le Ricain me présenta Jo le Chanceux.

La journée avait été dure.

Le matin, Gisèle m'avait envoyé acheter le paleron du bourguignon du soir.

Je pouvais me targuer, en ce temps-là, de fréquenter un boucher éclairé. Dans sa boutique, il n'était jamais question de politique ou du temps qu'il fait, mais de romans policiers, qu'il dévorait avec autant de voracité que le fromage de tête. On comprendra que, de par mon statut, je bénéficiais de petits rabais sur les beaux morceaux. La clientèle que la littérature ne nourrit pas, ce sont les bons prix qui l'attirent. D'autant que les pénuries demeuraient, quatre mois après qu'on en avait fini avec les derniers tickets de rationnement. Les effets du plan Marshall tardaient à se faire sentir.

Grand lecteur de la Série Noire, mon boucher n'avait pas son pareil pour raconter les scènes de courses-poursuites et les braquages de banque de ses dernières lectures en découpant la viande. La violence exaltait sa couperose. Ayant goûté au corned-beef pendant la guerre, il avait sa théorie sur la société américaine :

« Pas étonnant que des gens capables de faire ça à des vaches passent leur temps à se tirer dessus ! »

Sa principale critique littéraire était d'ordre corporatiste : on ne voyait jamais manger les personnages dans les romans.

« Moi, curiosité professionnelle, j'aimerais bien savoir ce que ça becquette, un détective privé ! »

Généralement, il finissait en me suggérant de garnir mes traductions de quelques considérations gastronomiques.

Ce jour-là, il m'avait accueilli par une question :

« Tout de même, monsieur Centon, vous ne trouvez pas bizarre que ces gens parlent comme nous ? »

Il prononçait *Sainton*, comme du saindoux.

« Quels gens ?

— Les personnages de vos romans.

— Je n'en ai écrit qu'un.

— Ceux que vous traduisez.

— Ils parlent comme nous ?

— J'en ai connu des Amerloques pendant la guerre. Ils ne jactaient pas du tout comme ça !

— Ils parlaient comment ?

— Trois mots de français à peine. Et la prononciation, je vous dis pas ! »

Depuis l'arrière-boutique où elle embossait les saucisses, sa femme était intervenue :

« Ils parlaient aussi beaucoup avec les mains, si vous voyez ce que je veux dire...

— Si je veux entendre causer faubourg, pas besoin de lâcher cent cinquante balles pour un bouquin : je sors sur le trottoir. Imaginez un peu l'inverse, qu'on se mette à l'anglais, nous autres ? »

— Sa femme avait approuvé :

« Chacun chez soi et les vaches seront bien gardées !

— Comme disent les cow-boys. »

Personne n'avait cru bon de relever mon trait d'esprit.

« Vous ne pourriez pas vous débrouiller pour qu'ils aient l'air un peu plus américains, vos Américains ?

— Je suis bien obligé de traduire. C'est soit en anglais, soit en français...

— Une fois, à la Libération, j'ai cuisiné un bourguignon avec du corned-beef. C'était pas bon, mais ça n'était ni américain ni français : c'était entre les deux. Vous ne pourriez pas mitonner quelque chose dans le genre ?

— C'est difficile, vous savez, la langue est en perpétuelle évolution.

— Comme le prix de la viande. Et ça n'arrête pas de baisser.

— D'un point de vue linguistique, une traduction est déjà obsolète à sa publication.

— Moi, si je vendais de la viande périmée... »

Par chance, j'avais repéré Alfons qui faisait le pied de grue devant la boucherie, et prétexté de ne pas faire attendre ce cher ami afin de me soustraire à ce dialogue sans queue ni tête.

Jamais je n'avais été si soulagé de tomber entre les mains de l'enquêteur privé. En général, je le fuyais, pas seulement pour couper à d'interminables arguties sur les méthodes d'investigation américaines ou le style de chapeau le plus indiqué pour sa profession, mais aussi parce que l'homme avait été communiste, ou trotskyste, ou quelque chose du genre pendant la guerre d'Espagne, et que je préfère garder mes distances vis-à-vis de ce genre de révolutionnaires.

Mais je n'avais échappé à la boucherie Charybde que pour tomber dans l'agence Scylla. Impossible, cette fois, de couper à une visite guidée.

L'agence se trouvait être une chambre de bonne sous les toits d'un immeuble décati. Aucune plaque ne l'annonçait sur la rue.

« De toute manière, la concierge ne laisserait pas monter mes clients, m'avait expliqué Alfons. Mais j'ai mis une annonce dans le journal. Et j'ai fait faire des cartes de visite. Vous en voulez unc ? »

Sans attendre ma réponse, il m'en fourra une dans la main.

« Vous avez le téléphone ?

— La concierge. »

Arrivé sur le palier, Alfons s'était encore excusé :

« Je voulais une porte en verre, avec mon nom, mais c'est mauvais pour l'isolation. »

À la place, il avait punaisé une affichette en carton : *Alfons Real, enquêteur privé.*

« Et puis une porte en verre, ça encourage les voleurs,

avais-je hasardé, comme si ce panneau de contreplaqué branlant avait pu retenir le plus amateur des cambrioleurs.

— Oh, vous savez, il n'y a rien à voler. »

Il était plus lucide sur ce point que sur sa vocation. J'avais souvent constaté que, hormis cette lubie, l'ancien paysan gardait les pieds sur terre.

La pièce était meublée d'un gigantesque bureau sans rien d'autre dessus qu'un sous-main de cuir vert élimé et un tampon-buvard, de deux chaises, d'un meuble-classeur vide et d'une sorte d'ottomane pelée qui avait dû connaître sa splendeur au temps de la Sublime Porte.

Entre le bureau et l'ottomane, il n'y avait guère que la place de se jucher sur les chaises.

« Comment avez-vous fait rentrer un bureau pareil ?

— Il était déjà là. Je crois que la chambre était louée à un poète avant. C'est pour ça que le loyer n'est pas cher.

— Parce qu'elle était louée à un poète ?

— Non, à cause du bureau.

— Qu'est-ce qui lui est arrivé ?

— Il était juste un peu bancal. J'ai mis une cale et je l'ai verni.

— Je parlais du poète. Pourquoi un poète a-t-il besoin d'un bureau pareil, d'ailleurs ?

— Pour entrer dans le rôle, j'imagine. Pour être poète, il faut écrire de la poésie, et pour écrire de la poésie, il faut une table.

— La grande littérature s'écrit sur les grandes tables ?

— Ne vous moquez pas. C'est facile, pour vous qui avez

la vocation. Moi, j'ai besoin de ressembler à un vrai détective pour en être un.

— Qu'est-ce qui lui est arrivé, au poète ?

— Vous ne devinerez jamais.

— Il est mort.

— Non.

— Il est devenu célèbre.

— Non plus.

— Alors ?

— Il s'est reconverti dans la menuiserie. Il fait des meubles. Il paraît que ça va bien, pour lui.

— En quoi je pouvais vous aider, déjà ?

— Voilà : on ne vient me voir que pour des épouses infidèles et des maris volages. Or moi, je n'ai pas vocation à me spécialiser dans le cocu. Bien sûr, ça permet de manger, et il y a des à-côtés... »

Nos regards s'étaient tournés vers l'ottomane :

« Il faut bien réconforter les femmes trompées.

— Les épouses infidèles aussi ?

— L'infidélité, ça se prouve.

— Votre professionnalisme vous honore mais en quoi...

— J'aimerais bien qu'on m'engage pour autre chose, de temps en temps. Je ne dis même pas un homicide : un petit chantage, un enlèvement, de l'escroquerie. Et, comme vous, c'est votre spécialité...

— L'escroquerie ?

— Je veux dire que c'est un monde que vous connaissez. »

Moi ?

Décidément, Gisèle devait être une sacrément bonne

traductrice pour qu'on me prenne pour un expert en la matière.

Miracle de l'illusion mimétique !

Comment expliquer à Alfons qu'il était le seul détective privé que j'avais jamais rencontré et que je devais précisément faire la connaissance de mon premier gangster le soir même, à des fins de documentation ?

Mais on sait que je n'aime pas décevoir, pour avoir déjà beaucoup déçu, et tel semblait le besoin d'y croire de ce pauvre Alfons que, rassemblant de lointains souvenirs de traductions enjolivés de détails récemment fournis par le Ricain, j'improvisais un décalogue du parfait détective, version *do it yourself*, dont je serais bien incapable de me rappeler aujourd'hui la moindre des règles.

Et c'est après ces deux épreuves, rentrant chez moi épuisé, en plein doute professionnel autant qu'existentiel, mon paleron sous le bras, que j'avais découvert le graffiti « US go home » sur le mur de notre immeuble.

Il n'était pas rare d'en voir dans Paris. Depuis que Jdanov avait décidé de diviser le monde en deux, les communistes dénonçaient la marshallisation de la France. Le Français moyen n'avait pas l'air de s'en émouvoir plus que ça, tant que le *beefsteak* continuait d'arriver dans son assiette. Moi, j'étais plutôt d'accord avec l'auteur de l'inscription, mais pas sur le mur de mon immeuble.

« Tu crois que c'est dirigé contre nous ?

— Tu as le paleron ? répondit Gisèle.

— Ils savent que nous traduisons pour la Série Noire. Un

voisin a dû nous dénoncer. Et maintenant que j'ai un ami américain...

— Compagnon de boisson serait plus approprié.

— Une relation de travail !

— À ce propos, ça avance ? On ne peut pas dire que ce soit les cadences infernales. Avec vous, la fordisation de la production littéraire, c'est pas pour demain...

— Il doit me faire rencontrer quelqu'un ce soir. »

Ce quelqu'un, c'était Jo le Chanceux.

Le Ricain avait dit vouloir me présenter un ami qui me serait utile et à qui je pourrais moi-même rendre service. En réalité, il avait dit dans son habituel franglais : « *you need to* rencontre un mec, *you can* aider *each other* ».

Mon boucher serait content mais peut-être pas Duhamel. Pourtant, j'ai retranscrit mot pour mot, on ne peut pas être plus réaliste. Lui me ferait sans doute retraduire quelque chose comme : « Je vais te mettre en cheville avec un marlou, j'ai dans l'idée que vous pouvez flécher ensemble et vous obliger. »

Je vous laisse opter pour la version qui vous plaira, en fonction de la théorie littéraire de votre choix, puisqu'il semble désormais que tout le monde en ait une.

Nous avions rendez-vous au Gunner's Club, un bar américain de l'Opéra. Les riches boiseries qui l'ornaient avaient été amenées des États-Unis par un propriétaire de bar de Baltimore qui fuyait la Prohibition. À en croire mon guide, c'est dans cet établissement qu'on aurait retrouvé Edgar Poe agonisant, après la dernière cuite qui lui coûta la vie.

J'avais du mal à y croire mais, après tout, pourquoi douter de la parole du Ricain ?

Je vis débarquer un jeune type en imper cintré, le genre qu'on verrait plutôt en caleçon long sur un ring. Feutre gris sur les yeux, trempé de pluie. Sous le bras, un porte-documents qu'on aurait dit volé en chemin à un employé de bureau. À peine assis, il alluma une cigarette américaine avec un briquet Zippo en acier noir et nous tendit le paquet.

J'apprendrais plus tard que Jo le Chanceux ne devait pas son surnom à la veine. Il faisait dans la Lucky Strike, dont des copains à lui récupéraient en haute mer les caisses jetées depuis des bateaux en provenance de Tanger. Il aurait préféré Lucky Jo, rapport à Luciano, mais on ne choisit pas.

Il cala sa cigarette au coin de ses lèvres :

« C'est toi le brodeur ? »

C'était la première fois que j'entendais appeler un écrivain un « brodeur ». Voilà qui me servirait pour ma traduction. Je résistai à l'envie de sortir mon carnet et me concentrai pour répondre :

« Gy. »

Personne ne disait plus « gy » depuis Aristide Briand mais on pouvait pardonner un anachronisme à un lavedu de mon espèce.

« Tu bagoules le jar ? »

François Villon aurait répondu : « Je congnois quant pipeur jargonne », mais je n'étais pas Villon et on ne traite pas les gens de pipeurs à la première rencontre. En espérant passer pour un taiseux plutôt que pour un branque, je ne trouvai qu'à me répéter :

« Gy. »

J'étais hypnotisé par la cigarette de Jo. Il ne l'enlevait pas de sa bouche, elle restait à se balancer au coin de ses lèvres, ce qui l'obligeait à parler à voix basse sans trop l'ouvrir, en serrant les dents, ça lui donnait un air méchant. Était-ce pour cette raison qu'il le faisait ? En tout cas, c'était une prouesse, mais on ne comprenait pas toujours ce qu'il disait.

« Le Ricain raconte que tu pourrais dégauchir un mecton pour mézigue. Le gonze s'est esbigné et on est marron. »

J'eus beau faire appel à mes souvenirs, rien ne vint. Argotier de salon, professionnel de la langue verte à l'écrit, jargonneur de dictionnaire bilingue, mon apprentissage théorique ne m'avait pas préparé à l'immersion linguistique. Mon expression orale laissait à désirer. Tant d'années à entrer dans le rôle et, au moment de monter sur scène, le coup de trac, le trou de mémoire. Au fond de ma poche, le carnet brûlait. J'ai dû faire des yeux ronds car Jo s'est tourné vers le Ricain :

« Tu m'as dit qu'il comprenait l'argot.

— Il a beaucoup bu », mentit-il en désignant mon verre vide.

Si mon verre était vide, c'était parce que le serveur tardait à nous servir. Je ne protestai pas, le Ricain faisait de son mieux pour me sauver la mise.

« Vous avez besoin que je retrouve quelqu'un ? hasardai-je.

— Eh ben voilà ! »

Le visage de Jo s'illumina. Il en profita pour retirer imper et chapeau et claquer des doigts à l'adresse du serveur, un blondinet en livrée rouge qui accourut, une bouteille de Coca-Cola sur un plateau.

Jo en but une longue gorgée et, après un soupir, sourit pour la première fois depuis son arrivée :

« La pause qui rafraîchit ! »

Je n'avais jamais vu personne boire de Coca-Cola. Je jetai un coup d'œil, aucun des clients n'avait l'air de s'en inquiéter.

« Je croyais que la vente était interdite ? »

Jo le Chanceux me regarda comme si j'étais sorti du monastère la veille.

« Le concentré vient de leurs usines de Casablanca. Pour les douanes, c'est un produit marocain. Il n'y a que le 7X qui vient des États-Unis.

— Le 7X ?

— L'ingrédient secret. Les Américains n'ont pas leur pareil pour trouver ce genre de noms. Ça fait roman d'espionnage, pas vrai ?

— Et l'embargo ?

— On s'arrange. De toute façon, le ministre s'est laissé tordre le bras, plan Marshall oblige. Un an après la signature du Pacte atlantique, le gouvernement français est prié de mettre un coup d'accélérateur sur la lutte contre le péril rouge et d'embrasser avec un peu plus d'enthousiasme les valeurs de la société de consommation. Il n'en a plus que pour quelques jours, votre embargo.

— Comment vous savez ça ?

— Le nerf de la contrebande, c'est l'information. Dans ma partie, le délit d'initié, c'est bien le moins qu'on puisse faire.

— Ça a quel goût ? demandai-je en désignant la bouteille d'un doigt prudent.

— Prenez-en un. C'est ma tournée.

— Non merci. Il paraît qu'on devient dépendant à la cocaïne dès la première fois. »

Il se ralluma une cigarette sans rien dire.

Le serveur attendait patiemment.

« Un Gordon Pym, commanda le Ricain.

— Un verre de beaujolais, pour moi. »

Il s'agissait de planter un drapeau sur un coin de cette table acculturée.

Nous attendîmes la commande dans un silence gêné. Jo me dévisageait, l'air d'essayer de comprendre. Que lui avait dit de moi le Ricain ?

La rencontre entre nos deux mondes commençait mal.

« Bon, voilà ce que nous attendons de toi..., commença Jo une fois le serveur retourné se mettre au garde-à-vous près du juke-box.

— Vous ne parlez plus argot ?

— C'est un truc de vioques, l'argot. On ne trouve plus ça que dans les romans. Je l'ai fait pour t'obliger, le Ricain croyait que c'était ton truc. Il a dû mal comprendre. On peut continuer ? »

J'acquiesçai.

« Alors voilà. Mon patron – pas la peine de balancer son blaze, tu connaîtrais pas – s'est mis en tête – va savoir pourquoi, on a de drôles d'idées en vieillissant – d'écrire ses Mémoires. Il en a de belles à raconter, pas de doute là-dessus, mais, dans notre partie, la tradition voudrait plutôt qu'on emporte ses secrets dans sa tombe. On en creuse même à l'avance pour éviter les vocations littéraires tardives. Question genre, les autobiographies ne sont pas plus appréciées que les aveux signés. Alors – tu sais comme les gens sont méfiants –, des personnes que l'immortalité littéraire n'émeut guère se sont inquiétées à l'idée de jouer les personnages secondaires malgré eux et ont menacé de s'en prendre à la plume de mon patron…

— Il écrit encore à la plume ?

— Sois pas con. Sa plume, son teinturier. Son nègre, quoi !

— Je plaisantais.

— Content que ça te fasse marrer. Et donc, il semblerait que le nègre en question ait eu les foies et soit parti se planquouser pour échapper à la censure. Nous, on aimerait bien le retrouver avant les partisans de la biffure à la sulfateuse, histoire d'éviter l'œuvre inachevée et la publication posthume. »

J'acquiesçai de nouveau, l'acquiescement muet étant la seule réponse à m'avoir réussi jusque-là. Mais je ne voyais toujours pas où il voulait en venir.

« Or donc, s'il s'agissait de dégotter un voyou quelconque, pas de malaise. Moi et mes gars, question d'expérience, on connaît toutes les planques où s'abriter en cas de gros temps. Mais là, c'est autre chose. On ne sait pas comment ça pense, un client comme ça, ni où ça crèche. Alors le patron s'est dit : il n'y a qu'un écrivain pour filer un autre écrivain. Génial, non ? »

J'aurais pu lui demander : est-ce que les cocus embauchent d'autres cocus pour retrouver l'amant de leur femme ? Mais je ne voulais pas avoir l'air de manquer de respect à son patron et j'avais dit assez d'idioties comme ça.

« Je suppose que je pourrais toujours essayer, pour vous rendre service.

— *Mister Jo knows an awful lot about slang*, intervint le Ricain, je crois qu'il pourrait *be a good help for your translations*, Greg.

— J'ai vu ça. Par contre, je vais avoir besoin de plus d'informations. Le nom du nègre, son adresse… »

M. Jo poussa le porte-documents vers moi.

« Tout est là. »

Je fis mine de l'ouvrir. Il posa sa main manucurée dessus.

« À tête reposée. Les murs n'ont pas que des oreilles, ici : des yeux aussi, et les mains baladeuses. »

Il vida sa bouteille de Coca-Cola d'un trait avant de réciter en souriant de toutes ses dents :

« Bon jusqu'à la dernière goutte ! »

Et puis se levant :

« Maintenant, si vous voulez bien m'excuser… Ce fut un plaisir de causer littérature. En vous souhaitant bonne lecture, comme on dit chez les ronds-de-cuir ! »

## SIX

Le soir même, j'ouvris le porte-documents.

Piteuse velléité de me libérer de son influence, j'avais attendu que Gisèle s'endorme. Cette petite cachotterie conjugale m'excitait encore plus que ma mystérieuse affaire.

L'appartement plongé dans l'obscurité, je m'étais installé à mon bureau, à la lumière de la lampe, whisky à la main, pipe en bouche, comme pour trouver dans le cliché la force de me prendre au sérieux.

Le porte-documents contenait neuf feuillets couverts d'une écriture nerveuse. Je mis quelques minutes à comprendre qu'il s'agissait d'un extrait du manuscrit des Mémoires de ce truand dont j'ignorais tout, rédigé par un prête-plume dont je ne savais rien. Aucun en-tête, pas de nom, pas de date, aucune autre indication. Je secouai le porte-documents, rien ne tomba. Comment voulaient-ils que je retrouve leur nègre s'ils ne me donnaient aucun indice ?

Soudain, je compris que Jo le Chanceux n'aurait pas fait appel à moi s'il avait pu employer ses méthodes habituelles. Les filatures, les planques, les interrogatoires musclés, il savait faire. J'avais cru qu'il comptait sur mes relations dans les milieux éditoriaux pour retrouver son écrivain, alors que c'est de mes compétences de lecteur qu'il avait besoin : il s'imaginait que je pourrais retrouver l'auteur d'un texte à partir de la lecture de celui-ci.

Je pensai : voilà bien les illusions que se font sur la littérature ceux qui ne lisent jamais de livres. Comme s'il existait une relation quelconque entre la vie réelle d'un auteur et sa production. Notre personnalité imprègne-t-elle vraiment ce que nous écrivons ? Voilà un beau mythe qui reste encore à prouver. Celui qui écrit n'est pas celui qui vit. Passe encore qu'on infère du style d'un auteur quelques aspects de sa psychologie. Mais de là à en déduire son adresse postale...

Pourquoi pas sa pointure ?

Il fallait que ces truands fussent bien désespérés pour échafauder un plan pareil. Que pouvait bien contenir ce manuscrit qui les affolait tant ?

La curiosité fut la plus forte. Armé d'une loupe pour déchiffrer les pattes de mouche, je commençai ma lecture.

Il s'agissait d'un épisode de la vie de celui que Jo appelait son patron. C'était lui que la première personne désignait, pas l'auteur du texte.

« Il ne parle même pas de lui », grommelai-je.

Une petite voix dans ma tête prit un ton doctoral pour poser cette question rhétorique : est-ce qu'un texte ne parle pas toujours de son auteur ?

« Et parfois de son traducteur, répondis-je à la petite voix pour lui en faire rabattre.

— Et aussi du lecteur. »

C'était une petite voix qui aimait avoir le dernier mot.

« De tout le monde, quoi…

— Les bons textes, oui. Les mauvais ne parlent que de leur sujet. Est-ce que celui-ci est bon ? »

L'était-il ?

Il racontait un épisode survenu sous l'Occupation : vêtus d'uniformes allemands, les truands visitent les appartements de riches familles juives, désignés à eux par un policier qui sert d'intermédiaire avec la Gestapo française. Pendant que ses acolytes forcent les occupants à remettre leurs valeurs, le patron se contente de parcourir leur bibliothèque. Il repart généralement avec quelques éditions anciennes tandis que les autres chargent leurs voitures de tout ce qui a de la valeur. Le butin, livres mis à part, est partagé à parts égales avec les miliciens de la rue Lauriston. Un jour, le patron met ses complices sur un coup sans l'aval de la police, et ça tourne mal : alors que leurs victimes obtempèrent habituellement de peur d'être envoyées dans un camp, un vieil homme refuse d'ouvrir son coffre. Le butin est déjà colossal mais le patron insiste. Le vieil homme succombe à la torture. On passe la nuit à percer le coffre. Surprise, il ne contient que des manuscrits et des livres rares. Le patron en prend un, qu'il était visiblement venu chercher. Les autres truands lui reprochent de les avoir fait travailler pour rien, le ton monte, le patron finit par abattre un de ses complices. Il repart avec un manuscrit des *Ballades en jargon* de François Villon.

À la première lecture, je ne vis guère quoi en tirer. En

faisant le récit du souvenir d'un autre, le nègre s'effaçait derrière son commanditaire comme un domestique ouvre la porte d'entrée à son maître avant de s'éclipser par l'escalier de service.

La petite voix pontifia :

« Les crimes parfaits n'existent pas plus que les textes impersonnels. Criminels et auteurs laissent toujours des traces de leur passage. »

Cette petite voix devait lire Conan Doyle.

Je n'avais plus qu'à chercher des marques de style comme des traces de pas sous la fenêtre ou de la cendre sur le tapis.

Existe-t-il des empreintes digitales littéraires, la signature irréfutable d'une présence sur les lieux du crime ?

L'écrivain est prompt à travestir. Passé maître dans l'art du déguisement, il avance masqué. Quel mal ce Fu-Manchu des lettres aurait-il à se munir de gants ?

Je repris la lecture depuis le début, sur la pointe des pieds, comme on pénètre sur une scène de crime, attentif au moindre détail.

Le premier feuillet commençait en milieu de phrase. Il ne s'agissait pas d'un chapitre. Pourquoi m'avait-on confié ces pages en particulier ? Parce qu'elles contenaient un sens caché, un message qu'il m'incombait de déchiffrer ? Je ne pouvais croire que Jo les avait choisies par hasard. Mais avait-il eu le choix ? Peut-être le nègre avait-il disparu en emportant le reste. Pourquoi, puisque c'était précisément après ce manuscrit que les rivaux du patron en avaient ?

De mes quelques lectures pour la Série Noire, j'avais appris que le bon détective doit s'étonner de tout. Les questions venaient : c'était un bon début, en attendant les réponses.

L'histoire en elle-même ne tenait guère debout. Sans doute le biographe craignait-il tellement son commanditaire qu'il sombrait dans l'hagiographie la moins réaliste. La figure du gangster érudit ne résistait pas à l'examen. Certes, sans l'avoir lu, nombre de truands se revendiquent de maître Villon, dont le précédent de mauvais garçon lettré flatte leur ego et les rassure quant à l'image que la postérité pourrait conserver d'eux. Sans compter que François de Montcorbier avait pris soin de justifier le crime par la misère : « en grant povreté ne gist pas trop grant loyauté »... C'est bien pratique : le moindre tire-laine peut se sentir une âme de poète en puissance et les bandits s'acquittent à bon compte de leurs scrupules moraux en invoquant la mauvaise fortune.

De là à reconnaître au premier coup d'œil une édition rare...

Non, c'était de toute évidence au biographe qu'on devait cette référence.

Avait-elle pour but de railler son commanditaire ? Périlleuse plaisanterie...

Ou s'agissait-il au contraire de l'inscrire dans la filiation de ses légendaires prédécesseurs ? L'immanquable allusion à Cartouche suivrait.

À moins qu'il faille simplement y voir une marotte d'auteur, une valeureuse tentative pour faire, à l'occasion d'un texte de commande réalisé plus ou moins sous la menace, œuvre de littérature malgré tout ?

Lequel de nos grands écrivains professait-il le culte de Villon ?

Car c'était un grand écrivain, aucun doute là-dessus. Le style était dépouillé, le lexique riche et précis, décrassé de métaphores faciles, le rythme de la phrase élégant et régulier. Il éveillait en moi un vague écho, si bien que je passai le reste de la nuit à en lister les caractéristiques : champs lexicaux, tics de langage, périodes oratoires, structures syntaxiques préférentielles, jusqu'à établir, au petit matin, un portrait-robot satisfaisant de l'auteur.

# SEPT

Je me levai tard le lendemain.

Gisèle était au travail. Elle qui, enfant, vendait dans la rue du muguet attaché par un ruban rouge, avait fait partie d'un réseau clandestin nationaliste pendant la guerre. La faute à son mari, agent de liaison de je ne sais quelle antenne de je ne sais quel service américain. Les militaires antigaullistes, fonctionnaires monarchistes et anciens flics qui le composaient lui avaient exprimé, à la Libération, une gratitude à la mesure de leur conservatisme. Les lettres qu'elle tapait et les discours en sténo qu'elle prenait à longueur de journée ne devaient pas lui peser, puisqu'elle semblait prendre du plaisir, de retour à la maison, à cuisiner, traduire et lire ses romans à l'eau de rose sans jamais exprimer le moindre désir de changement.

Peut-être avait-elle eu son comptant d'émotions pendant la guerre, à moins que mon insatisfaction chronique, que j'imaginais universelle, ne le fût pas tant que ça.

Gisèle semblait se contenter d'être ma femme, ce qui ne laissait pas de m'étonner.

Sur ma table de nuit, elle avait laissé un nouveau chapitre de *J'en parlerai à mon cheval* à corriger. Je ne le regardai même pas avant de sortir. J'avais une enquête à mener, la traduction passait au second plan.

Je me rendis sur les quais. Pour invraisemblable que paraisse l'anecdote, je devais en avoir le cœur net.

Toute la matinée, j'interrogeai les bouquinistes jusqu'à trouver un spécialiste de littérature médiévale.

« Un manuscrit des *Ballades en jargon* de Villon ? Encore faudrait-il savoir desquelles on cause. »

Chapeau informe enfoncé jusqu'aux lunettes, pardessus crasseux, Gitane au bec, il avait tout l'air d'avoir passé la nuit sur son fauteuil de camping pliant, sous le grand parapluie cassé ficelé au dossier. Une tasse de café ébréchée fumait dans sa main. Sa caisse ne contenait pas d'éditions anciennes, seulement des piles d'illustrés américains. Sur la couverture de celui qu'il lisait, un certain Captain America était porté en triomphe par la foule des Parisiens à la Libération.

« Il y en a tant que ça ?

— On compte deux séries. Les six premières imprimées dans l'édition princeps de 1489, sous le titre : *Jargon et jobelin dudit Villon*. De celles-là, on ne connaît aucun manuscrit. Et il y en a cinq autres dans un manuscrit conservé en Suède, dont on n'est pas certain qu'elles soient de lui. On dit que deux seraient l'œuvre d'un complice, parce qu'on y trouve des picardismes, mais personne n'est sûr que le complice en question était vraiment picard. Ça pourrait aussi bien être des plagiats. Celles-là ont été publiées en traduction à la fin du XIXe siècle. On ne les retrouve dans aucun autre manuscrit de l'époque et, bien sûr, comme pour le reste de l'œuvre, on ne connaît aucun original. »

Je savais tout ça, mon intérêt professionnel pour l'argot m'ayant mené depuis longtemps à Villon. Son jargon mettait truands et linguistes sur un pied d'égalité : personne n'y comprenait rien. De temps en temps, quelqu'un s'essayait à une nouvelle interprétation aussi absconse que l'original, et qui me faisait me sentir le roi des traducteurs en comparaison.

« Si un manuscrit était apparu récemment, vous le sauriez ?

— Pas forcément. Beaucoup de choses apparaissent, ces derniers temps. Depuis la fin de la guerre, tout le monde semble avoir hérité des merveilles d'un vieil oncle de province. C'est pas perdu pour tout le monde, si vous voyez ce que je veux dire.

— Les ventes aux enchères ? Les musées ?

— De nos jours non seulement les commissaires-priseurs veulent des certificats d'authenticité, mais ils en veulent des vrais. C'est toujours des embêtements. Quant aux musées, l'époque n'est pas au don désintéressé. Les mécènes se font rares. Il faut bien vivre...

— Personne pour m'aider, alors ?

— Il y a bien un ou deux fourgues dont c'est la marotte...

— Des fourgues spécialisés dans l'édition ancienne ?

— De nos jours, il y a des fourgues pour tout, mon cher monsieur. Même la bande dessinée américaine, j'en sais quelque chose. Les G.I. se torchaient le cul avec dans les tranchées et aujourd'hui les collectionneurs s'arrachent les éditions originales. Tant qu'il y a de la demande, il y a du trafic. On appelle ça la loi du marché. Vous seriez venu avant la guerre, je vous aurais vendu du Clément Marot, mais il faut vivre avec son temps, pas vrai ?

— Vous lisez l'anglais ?

— Pas besoin ! C'est ça qui est formidable. Des couleurs vives, quelques onomatopées, une histoire simple de bons et de méchants, ça parle à tout le monde. C'est universel, voyez-vous. »

Je repartis avec trois fascicules de ce Captain America que le bouquiniste m'avait vendu comme l'héritier spirituel de Vercingétorix, Roland de Roncevaux et Jeanne d'Arc, rien que ça.

« Sauf que ça se termine mieux. Chez nous, tout finit toujours dans le sang. Avec les Américains, c'est un baiser. Les deux cultures ne luttent pas à armes égales. Comme civilisation, le *happy end* nous tuera ! »

Et il s'était rallumé une Gitane.

Je me rendis à l'adresse qu'il m'avait indiquée, derrière le Panthéon.

Rue de la Montagne-Sainte-Geneviève, c'était le branle-bas de combat : un fourgon de la banque de Navarre venait de se faire braquer.

« J'ai tout vu, j'étais à la terrasse du café de la Mule, disait un des badauds venus se désennuyer un peu au spectacle des cadavres. La traction était garée juste au-dessus.

— Ils étaient cinq, avec des mitraillettes.

— Non, six.

— Il paraît que c'est encore la bande de Colin Cayeux.

— Le bras droit du Sachem ? »

Je passai mon chemin. Les hold-up devenaient monnaie courante dans Paris. Quatre millions d'armes parachutées pendant la guerre, trois millions de plus abandonnées par les armées diverses, il y avait de quoi créer des vocations. L'occasion fait le larron, c'est le cas de le dire. Avec du matériel pareil, fini le travail artisanal. La mécanisation qui touchait aussi la pègre ouvrait des perspectives aux voyous. Si l'automatisation facilite le travail, ces messieurs sont les premiers concernés : ils ne travaillent plus qu'à l'automatique, désormais. On n'échappe pas à son époque...

Dans les romans américains, les fourgues sont de petits escrocs qui rachètent l'or au poids. Une loupe de joaillier sur l'œil, ils comptent les carats barricadés dans leur arrière-boutique d'usurier. Mon fourgue à moi avait pignon sur rue. Libraire-antiquaire du Tout-Paris, réputé chasseur de trésors bibliographiques, dans sa boutique du Quartier latin, à l'ombre de Saint-Benoît-le-Bétourné, réapparaissaient incunables disparus, éditions de légende et manuscrits oubliés. Rat de bibliothèque, paléographe de génie, obsessionnel de l'archive, les imaginations romantiques le prenaient aussi pour un aventurier, voyageur, ce qu'il faut de contrebandier, à la tête d'un réseau mondial de brocanteurs, de philologues et de bibliomanes.

Des gangsters, personne ne parlait.

Pendant la guerre, sa boutique avait été le rendez-vous des gradés allemands.

On a dit qu'il se faisait payer en tableaux de maître confisqués.

On a dit que des faussaires fabriquaient dans ses caves de faux papiers et de vraies éditions originales.

On a dit qu'il n'avait dû qu'à l'intervention de riches clients français de ne pas être fusillé pour une malheureuse affaire de manuscrit de Sade apocryphe vendu à un Oberstgruppenführer.

On a dit qu'il avait, par patriotisme, refusé de retrouver les Tables de la loi pour le compte des nazis.

On a dit qu'il excellait dans la reproduction des caractères gothiques.

On a dit que sa boutique avait fermé pour travaux quelques jours à la Libération.

On a tout dit sur Arthur Geiger, même qu'il avait trouvé le moyen de voyager dans le temps pour ramener des livres à notre époque.

Mais pas qu'il faisait le fourgue pour des perceurs de coffres lettrés.

Je poussais la porte de sa boutique pour la première fois. Il y régnait une atmosphère de bibliothèque de monastère que je le soupçonnais d'entretenir soigneusement : après les errements de la guerre, Arthur Geiger faisait pénitence, tout entier voué au culte du livre.

En me voyant entrer, il cacha prestement sous son bureau un exemplaire de *Desselle-toi que je te monte*, un roman de John Hugh Dodge que j'avais traduit pour la Série Noire.

« Un manuscrit original de Villon ? Monsieur serait acquéreur ? »

Il se servait de sa taille pour vous regarder de haut. L'éternel pendule dans sa main renforçait sa verticalité rigide. Il se tenait immobile pour ne pas altérer son oscillation hypnotique. La condescendance dans sa voix m'incita à me tenir écarté des rayonnages de livres, dont pas un n'était dans mes moyens.

« Pas exactement.

— Tant mieux ! Monsieur aurait été déçu.

— Vous n'en avez pas ?

— Ni moi ni personne.

— Pourtant...

— Pourtant ? »

Prenait-il ces airs méprisants pour traiter avec les truands ? Je l'imaginais plutôt en rabattre, comme avec les officiers nazis et les milliardaires américains. Il y a deux façons de s'élever dans la vie : en s'accrochant à ceux qui sont au-dessus ou en grimpant sur ceux qui sont en dessous. Pour réussir comme Arthur Geiger, il faut avoir un sens très sûr de qui est qui, et les talents d'alpiniste d'un Maurice Herzog à l'assaut de l'Annapurna social.

Un instant, je me vis attraper le libraire par le revers de son veston, lui fourrer son pendule dans une narine et déclamer d'un ton patibulaire une tirade de répliques de la Série Noire mises bouts à bout :

« Ouvre bien tes écoutilles, pauv' cave. Tu vas m'refiler un blaze fissa si tu veux pas que j'fasse du pet dans ta taule ! C'est pigé, lavedu ? »

Malheureusement, si l'habit ne fait pas le moine, le latin

non plus. Arthur Geiger n'était pas bon dans son rôle d'érudit mystique mais j'aurais fait encore plus toc en voyou.

Dépité de n'avoir pas les épaules pour le costume, je me contentai de dire :

« Je suis traducteur.

— De Villon ? »

Sans répondre ni oui ni non, je saisis la perche qu'il me tendait :

« Il y a dans la traduction de Vitu une erreur dans l'envoi de la dixième ballade, qui, comme vous le savez, donne en acrostiche le nom de Villon. Traduire par "Vive David, le saint homme de l'arche", empreint le texte d'une religiosité qui n'y est pas. »

Soit Arthur Geiger avait lu les études de Marcel Schwob sur l'argot de Villon et il me percerait immédiatement à jour, soit il était le faisan que je soupçonnais, un vulgaire débitant de livres plus intéressé par leur valeur marchande que par leur contenu, auquel cas ma petite mystification avait une chance de fonctionner.

« De toute évidence », approuva-t-il.

La seule évidence était qu'il n'avait pas la moindre idée de ce dont je parlais.

« Le *david*, c'est la pince à crochet des cambrioleurs, et le *saint-arquin* un jeu de dés bien connu. Mais le manuscrit de Stockholm donne l'orthographe *saint-archquin*, qui tire le mot vers l'arche, c'est-à-dire, par métaphore, le coffre bénit que crochète le bandit.

— Certes.

— Et c'est peut-être à ce roi David que la pince-monseigneur de nos monte-en-l'air doit son nom. Larchey prétend que c'est parce que toutes les portes s'ouvrent devant Monseigneur, qui était le nom donné au dauphin de France. *Monseigneur le dauphin*, dit d'ailleurs Vidocq, désigne un vol avec effraction. Et *monseigneuriser*, c'est crocheter une porte, selon Delvau. Toutes choses que nos cambrioleurs actuels ignorent en s'attaquant à une serrure.

— C'est fort dommage. »

Étais-je réellement en train de parler du texte de Villon, ou faisais-je secrètement allusion aux circonstances dans lesquelles les truands avaient volé le manuscrit ? Texte et contexte se télescopaient et le libraire plongeait peu à peu dans un abîme de perplexité. Il demanda :

« David, n'est-ce pas lui qui tua Goliath d'un coup de fronde ?

— Vous voyez, tout est lié. »

Il ne voyait pas et moi non plus.

Je l'avais perdu.

« Cher ami des lettres, finit-il par dire. Croyez-moi, rien ne m'aurait plus honoré que de faire avancer la recherche linguistique. Je vous trouverais le *Roman du pet-au-Diable* si vous me le demandiez, mais...

— Le *Pet-au-Diable* ?

— L'œuvre perdue de Villon, qu'il dit avoir cachée sous une table dans le *Grand Testament*, et qu'on n'a jamais retrouvée. Ce serait moins risqué que de... »

Il fit une pause théâtrale avant d'ajouter à voix basse, sa main en pavillon devant sa bouche :

« Je ne tiens pas à finir rue Morgue.

— Rue Morgue ? »

Il fit signe de fermer la fermeture éclair de sa bouche.

« Par contre, le pendule se confie à qui sait interpréter son langage.

— Le pendule ? »

Arthur Geiger fit oui de la tête. Le pendule se mit à décrire de courts cercles.

« Est-ce que le manuscrit existe ? »

Cercles.

« Est-ce qu'il a été volé pendant la guerre ? »

Cercles.

Voilà un langage que j'étais capable de traduire sans aide. On se demande pourquoi les romanciers s'embêtent à inventer des dialogues.

« Est-ce que vous l'avez vu ? »

Cercles.

Ce pendule était une vraie balance.

« Vous l'avez acheté ? »

Cette fois, le pendule se mit à osciller.

« Vous l'avez authentifié ? »

Cercles.

« A-t-il été vendu ? »

Oscillations.

« Qui l'a en sa possession ? »

Le pendule s'immobilisa, raide de peur.

Il en avait trop dit.

Sa vie ne tenait qu'à un fil…

## HUIT

Le lendemain matin, au réveil, Gisèle fit ce qu'elle put pour ne pas montrer sa surprise de me trouver au travail. Je l'avais plutôt habituée aux nuits de page blanche et aux grasses matinées de tabac froid.

Sa joie fut de courte durée. Comme je feuilletais l'essai de Marcel Schwob sur le jargon de Villon, elle se rembrunit. Le nom de Schwob lui rappelait trop les professions de foi symbolistes de mes vies imaginaires.

« J'espère que c'est pour notre traduction que tu te documentes. »

Âme généreuse qui parlait toujours de « notre traduction » !

« On est en retard, Duhamel va râler. »

Au fil des ans, j'avais accumulé de nombreux ouvrages de référence sur la traduction. N'ignorant rien de la théorie, il ne me restait plus qu'à apprendre une langue. Pour donner le change, je jouais les spécialistes de l'argot. Aucun dictionnaire ne manquait à ma bibliothèque. Je possédais naturellement les *Locutions parisiennes expliquées* de Burger, qui date d'avant-guerre et m'a souvent servi, l'indispensable *Langage des voleurs dévoilé* d'Halbert d'Angers et les *Excentricités de la langue française* de Lorédan Larchey pour le XIXe siècle, l'anonyme *Guide des gens du monde* pensé pour protéger le bourgeois des filous, ainsi que, joyau de ma collection, le *Langage de l'argot réformé* d'Ollivier Cherreau, imprimé en 1741.

« Tu t'es remis à Villon ? » continua-t-elle comme je ne répondais pas.

J'avais sorti tout ce que je possédais sur le poète, sans trop savoir pourquoi. À l'origine, j'avais simplement voulu savoir si le nègre du gangster embellissait la vérité mais je m'étais laissé dériver, comme souvent, par facilité, vers des problèmes plus en lien avec mes centres d'intérêt.

« Rappelle-toi que Duhamel t'a fait changer tous les mots de jobelin la dernière fois… »

Et remplacer « un baladeur m'a froué mon aubert pour aller polluer des luans » par « un faisan m'a taxé mon flouze pour aller taper le carton ».

Je maintiens que n'importe quel caïd aurait compris mais Duhamel prétend qu'ils sont rares parmi nos lecteurs.

C'est à voir.

« Tu as fait du café ?

— Bien sûr, je fais tes traductions et ton café. Si tu attends pour le boire aussi longtemps que pour corriger, il sera froid ! »

Il pleuvait, nous le prîmes à la cuisine.

« Norman est passé hier.

— Il s'arrange toujours pour passer en mon absence.

— Je t'avais prévenu qu'il viendrait.

— Ah ?

— Est-ce que ce ne serait pas toi qui t'arranges pour toujours sortir quand il nous rend visite ? »

Je ne répondis pas. À la radio, un député demandait au préfet de police d'enquêter sur la propagande des agents du Vietminh auprès des associations d'étudiants indochinois de Paris. Je songeai à demander à Gisèle si elle en avait entendu parler à la préfecture, pour changer de sujet.

Elle fut plus rapide :

« Alors, Villon, c'est pour quoi ?

— Une lubie.

— Pour ton roman ?

— Peut-être.

— Ne va pas encore nous pondre un machin d'intello. On a besoin d'argent, pas du Goncourt. Le lecteur veut Al Capone et Dillinger, pas Mandrin ! »

Nous avions besoin d'argent, en effet, et seulement trois solutions pour en trouver : ou nous développions nos activités de traducteurs, ou j'écrivais un best-seller, ou Gisèle prenait un emploi à plein temps.

« La mode est ce qu'elle est mais le lecteur reste patriote. Le sort du truand français face à la concurrence internationale ne peut pas le laisser indifférent.

— Je suis bonne pour chercher un job... »

Elle nous resservit du café.

À la radio, un débat sur le prêche blasphématoire du faux dominicain monté en chaire à Notre-Dame le dimanche de Pâques menaçait de tourner au pugilat.

« La rue Morgue, ça te dit quelque chose ? demandai-je.

— Trouve autre chose, ça a déjà été écrit.

— À part Edgar Poe…

— Tu parles de l'affaire ?

— Explique.

— Les journaux n'ont parlé que de ça il y a deux ans. Tu devais encore être en pleine phase de création… Un cadavre retrouvé la tête en bas dans un conduit de cheminée. Les portes et les fenêtres de l'appartement sont fermées, les clés ont disparu. On est au quatrième étage. Le mort porte des marques de strangulation, c'est un costaud, personne ne comprend comment il a pu s'encastrer dans cette cheminée. On trouve un Colt sur lui, rien d'autre ne permet de l'identifier. Le propriétaire du meublé dit avoir loué à un Américain. Le mystère reste entier.

— C'était dans la rue Morgue ?

— Il n'y a pas de rue Morgue à Paris.

— Un journaliste amateur de Poe ?

— Ou un tueur.

— Peut-être.

— C'est un bon sujet. Tu comptes écrire là-dessus ?

— Peut-être.

— Peut-être, peut-être… Avoue plutôt que tu n'as pas le début du commencement d'une idée pour ton roman !

— Peut-être pas… »

À défaut de roman, mon enquête progressait, avec ma femme pour indic. Même pas besoin de sortir de chez moi pour jouer les détectives.

Alors, toute la journée, en guise de ruelles des bas-fonds,

c'est dans les rayonnages de ma bibliothèque que j'enquêtais, le portrait-robot dressé la veille en main, à la recherche d'un style qui eût une tête à chapeaux.

À la loupe, je remontai des pistes à travers des champs lexicaux, étudiai des métaphores au microscope, fis passer le test de la paraffine aux faits de langue, saupoudrai de nitrate d'argent des empreintes de locuteurs, procédai à l'interrogatoire en règle des voix narratives.

À la fin de la journée, je tenais mon suspect.

Mon investigation avait été rigoureuse et conforme en tout point aux lois de la logique.

Et pourtant, ce ne pouvait pas être lui.

Il était mort.

## NEUF

Le moment était venu de l'épreuve la plus difficile de mon enquête : me rendre chez Gallimard sans me faire alpaguer par Marcel Duhamel.

Le lendemain, prenant mon courage à deux mains, je pénétrai dans les locaux de la rue Sébastien-Bottin, muni des quelques feuillets déjà corrigés pour me cacher derrière en cas de mauvaise rencontre.

Comme toujours, il y avait foule dans les bureaux de la Série Noire. Deux romans publiés par mois, pas question de s'endormir sur ses lauriers. Le ballet incessant rappelait les caves de jazz du quartier, le saxo en moins.

Le visage de Martine s'illumina en me voyant.

« Monsieur Centon ! Le directeur va être content, il a demandé après vous pas plus tard que ce matin. »

Martine avait pris l'habitude de prononcer mon nom comme mon pseudonyme, à l'américaine, avec des airs de conspiratrice de cinéma. Je la soupçonnais de le faire pour protéger ma véritable identité, des fois que les Russes se soient mis en tête de démasquer les traducteurs de la collection.

« Je ne fais que passer, Martine.

— Mais… votre traduction ?

— J'ai encore besoin de quelques jours.

— Ça fait presque deux mois ! Vous vous rendez compte, si tout le monde faisait comme vous ? On ne tiendrait pas la cadence.

— Ce sont les voitures qu'on fabrique à la chaîne, pas les traductions. D'accord pour introduire la littérature américaine en France, pas les méthodes de travail. Dites à Duhamel que le taylorisme n'est pas un courant littéraire ! »

C'était d'autant plus injuste que je pratiquais moi-même la division du travail à la maison.

« Sans compter que M. Salem s'est plaint qu'on n'a publié que deux des quatorze romans que M. Duhamel lui a achetés. Il veut qu'on accélère le rythme, sous peine d'aller voir ailleurs.

— Le stakhanoviste !

— Il faut savoir, Stakhanov ou Taylor ?

— Quand il s'agit de nous faire trimer, il n'y a pas de bipolarisation qui tienne. »

Martine avait expressément demandé à travailler pour la Série Noire. Elle vouait un culte à l'Amérique. Il était de notoriété publique qu'elle avait eu un G.I. pour amant à la Libération, sans qu'on sache si c'était la cause ou la conséquence de sa passion. Elle ne manquait aucun film hollywoodien, en particulier ceux de gangsters, où elle essayait toujours de me traîner. Non pas qu'elle eût des vues sur moi, elle ne comprenait tout simplement pas qu'on puisse bien traduire sans se plonger dans la culture d'un pays.

« C'est important de savoir comment ça pense, un Américain.

— Comment voulez-vous que ça pense ? Ça pense comme vous et moi, le cerveau est le même.

— Mais les tempéraments sont différents.

— C'est à cause de la nourriture. Trop de viande, pas assez de poisson. Ils manquent de phosphore, qui est bon pour la mémoire. C'est pour ça qu'ils vivent dans le présent et ne jurent que par l'avenir. Pour le reste, c'est bonnet blanc et blanc bonnet. »

Pour justifier mon manque d'intérêt, je concluais généralement par un : « Je veux garder un regard neuf pour ne pas me laisser influencer » qui me donnait des airs d'artiste éthéré dont elle ne faisait pas le moindre cas, me racontant des films dans le détail à chacune de mes visites, en frissonnant de plaisir.

Voilà ce qu'elle cherchait dans le cinéma, comme nos lecteurs dans la littérature : du frisson. Moi, je suis en quête de beauté, excusez du peu !

« Martine, vous travailliez bien là-haut avant-guerre ? »

Je désignais le plafond. Martine avait fait ses débuts pour la collection Détectives, jusqu'à la cure de désintoxication de son directeur, avant un passage éphémère à la NRF, juste avant la guerre.

« Vous vous souvenez d'Ariel Fagne ?

— Oh ! »

Elle rougit.

Fagne, le suspect numéro un de mon enquête stylistique.

Ariel Fagne avait été une des étoiles montantes de la NRF de l'entre-deux-guerres. Esthète délicat, tardif adolescent tourmenté, ses pairs admiraient sa sincérité candide, sans jalousie car tous l'aimaient. Mais l'étoile montante s'avéra une étoile filante. Fougue de la jeunesse, instinct suicidaire d'un génie trop précoce, désir de prouver on ne sait quoi, Fagne avait, à la surprise générale, embrassé la cause de la collaboration avec la passion qu'il mettait en toute chose. Avec une constance rageuse, il avait fait les mauvais choix, repoussé les mains tendues et refermé toutes les portes difficilement entrouvertes par ses amis. Lui à qui personne n'avait connu d'opinion politique ni d'autre engagement qu'artistique s'était soudain vautré dans l'antisémitisme et la haine avec autant de fièvre que Dorian Gray dans le vice.

Sourd aux conseils, il s'était réfugié à Baden-Baden après le Débarquement, première étape d'un long exil autodestructeur qui s'était conclu par sa noyade, quelque part sur la côte balte.

Comme tant d'autres, Martine avait été secrètement amoureuse du jeune homme.

« Vous pensez pouvoir me trouver un manuscrit à consulter ? J'ai besoin de comparer des écritures. C'est l'affaire de quelques minutes.

— Il faudrait que j'aille aux archives. C'est urgent ?

— Comme une traduction pour Duhamel.

— Quand on parle du loup… »

Le directeur de la Série Noire sortait de son bureau. Il ne m'avait pas vu. Je me jetai sur la porte.

« Je repasse dans l'après-midi. Merci, Martine !

— Hé ! » cria Duhamel dans mon dos.

Je grimpai les marches quatre à quatre, pris un couloir à droite, bousculai Jean Paulhan que je saluai le souffle court, trois marches, un autre couloir, un escalier en colimaçon, une porte et j'étais dans la rue.

J'imaginais les courses-poursuites autrement...

Je marchai lentement jusqu'à l'île de la Cité. Devant le Champollion, je jetai un coup d'œil aux photogrammes de *L'enfer est à lui*, pour avoir quelque chose à dire au cas où je devrais me concilier les faveurs de Martine. En vieillissant, James Cagney ressemblait de plus en plus à Gabin. Mais ce blouson d'aviateur, aucun de nos caïds français n'aurait eu le mauvais goût de le porter. Rien de plus pertinent ne me vint...

J'arrivai Quai des Orfèvres pile à l'heure pour mon rendez-vous.

Un groupe d'étudiants descendait justement les marches sous les vivats d'une petite foule de jeunes gens venus les attendre.

« Qu'est-ce que c'est ? »

Ma question étonna le concierge de la préfecture, moustache à la gauloise et képi jusqu'aux yeux :

« Ce sont les lettristes, tiens !

— Les lettristes ?

— Vous n'avez donc pas la télévision ?

— Elle est en panne.

— Et la radio ?

— Branchée sur Moscou. Alors ? »

Il jeta un regard derrière lui pour vérifier que ses collègues n'étaient pas loin, au cas où il aurait eu besoin de renfort.

« Ce sont les auteurs de l'anti-sermon de Notre-Dame. On les a gardés au frais, les fidèles voulaient les lyncher.

— Pourquoi ont-ils fait ça ?

— Ce sont des hyper-créationnistes. »

Il lâcha ça comme ça. Je le regardai d'un autre œil.

« Vous êtes amateur de littérature ?

— Concierge, ça laisse du temps pour lire.

— Moi, je traduis pour la Série Noire.

— La littérature américaine, bof… Je serais plutôt avant-garde. »

Comme si l'avant-garde avait un passeport français…

Les étudiants s'éloignaient vers le Quartier latin sous les huées des bourgeois.

Modernes *escholiers* de Villon !

« Bien sûr, le sacrilège, je ne suis pas pour. Mais tout art est action, pas vrai ?

— Je ne suis que traducteur. »

Il me laissa entrer en haussant les sourcils, ce qui fit sursauter son képi.

Avec le commissaire Maillet, on ne pouvait jamais être sûr de rien. Condamné à deux mois de prison à la Libération pour attitudes antinationales, gracié dès le lendemain par de Gaulle, Michel Maillet avait immédiatement repris ses fonctions pour participer activement à l'épuration de la police parisienne, au sein de laquelle il avait été le relais secret de la France Libre. Sous l'Occupation, ce patriote avait joué les collabos et négocié en secret avec des communistes, qu'il considérait personnellement comme des criminels. Ses discutables relations dans le Milieu avaient été avantageusement mises au service de la Résistance. Décoré par les nazis d'une croix de fer quelconque, inéligible publiquement à toute distinction française mais promu commissaire divisionnaire en catimini, il incarnait parfaitement cette France équivoque, illisible, qui s'était adaptée aux circonstances et cherchait désormais à transformer une série de petits récits scabreux en une grande histoire nationale rédigée par les chantres habituels de la patrie, en gros caractères et à l'encre tricolore.

« Avec des états de services pareils, on peut lui faire confiance, à ton Maillet ?

— Ce n'est pas "mon Maillet", j'ai seulement été sa secrétaire pendant quelques semaines en remplacement. Et, par ailleurs, je connais des touristes en goguette outre-Manche qui passent pour des résistants en exil. Comme quoi il ne faudrait pas se fier aux apparences. Dans la vie comme en littérature, le sens n'est jamais figé, tout est question d'interprétation. »

Impossible de discuter avec Gisèle, elle connaissait les arguments pour me convaincre. Du moins, elle savait retourner contre moi mes propres arguments. La France de la Libération incarnait à merveille ce grand palimpseste de textes effacés à la hâte et réécrits de même, cette superposition de traductions plus ou moins fidèles où l'on remaniait les intrigues et où les salauds devenaient des héros, et vice versa.

Il ne fallait pas chercher ailleurs le secret de la réussite de la Série Noire. Duhamel était un visionnaire : l'ère des belles infidèles était revenue, et on n'était pas près d'en sortir.

C'est Gisèle qui m'avait suggéré de rencontrer Maillet :

« Si tu veux en savoir plus sur l'affaire de la rue Morgue, c'est ton homme. Personne ne connaît mieux la pègre parisienne que lui. Un bon tiers des truands sont ses amis. L'autre tiers, il les a coffrés.

— Et le dernier tiers ?

— Des amis qu'il a coffrés. »

Le commissaire divisionnaire me reçut dans son bureau. Plusieurs pendules de différents modèles s'alignaient au mur. Toutes donnaient exactement la même heure.

« Asseyez-vous, votre épouse m'a beaucoup parlé de vous. »

Ces policiers sont de fins psychologues. Rien n'aurait pu me déstabiliser autant que cette entrée en matière, qui ouvrait sous mes pieds un abîme d'incertitudes. À cet instant, j'aurais pu confesser n'importe quel crime.

Sur un meuble-classeur, luxueusement reliées, s'alignaient les œuvres complètes de Vidocq, y compris les deux tomes apocryphes du *Supplément* à ses *Mémoires*, publiés sans son autorisation par un des nègres du fameux chef de la Sûreté.

« Tous les truands français se prennent pour Villon et

tous les policiers de Paris pour Vidocq. Ça aide à entrer dans le rôle et ça vous justifie. »

En parlant, Maillet penchait légèrement la tête à gauche.

« Vous l'avez lu ?

— Non, bien sûr. Vous croyez qu'on a le temps ? J'attends la retraite, pour m'inspirer pour mes propres Mémoires.

— Vous aussi ? C'est une manie !

— Qui d'autre ?

— Laissez tomber.

— Vous, les hommes de lettres, vous avez assez d'imagination pour inventer. Nous, que peut-on faire d'autre qu'écrire sur la réalité ?

— Ne pas écrire ?

— Dit celui qui meurt d'envie d'écrire un roman noir !

— Ma femme vous a raconté ça ?

— Et je sais aussi ce que cette chère Gisèle dirait en ce moment : que j'ai tort de séparer la réalité de la fiction. Mais après tout, du truand de roman et du vrai, un seul peut vous trouer la peau, pas vrai ? »

Il commençait à m'agacer. Est-ce que je lui parlais de sa femme, moi ? D'ailleurs, en avait-il seulement une ?

Je tordis le cou sans parvenir à lui voir d'alliance. À défaut de polar, la jalousie m'inspirait un scénario de roman à l'eau de rose, avec moi dans le rôle du cocu.

« Mais je vous comprends, chacun son métier. Moi-même, je ne crois pas que j'apprécierais que vous vous mettiez à enquêter pour votre compte. »

De ça aussi, Gisèle lui avait parlé ?

« Et pourtant, nos deux métiers sont plus liés que vous pourriez le croire. »

Il aimait discourir, on ne pouvait pas le lui enlever. Manquait plus qu'il m'apprenne à écrire…

« Prenez l'interrogatoire d'un suspect. Qu'est-ce d'autre qu'un récit que l'on construit ensemble, mon lecteur et moi ? Lecteur captif, certes, mais il me faut trouver les mots justes pour emporter son adhésion, sans quoi mon œuvre reste inachevée.

— Si seulement moi aussi je pouvais taper sur les lecteurs à coups d'annuaire pour les forcer à me lire ! »

Il prit l'air offusqué de l'artiste incompris.

« Vous veniez pour quoi, déjà ?

— L'affaire de la rue Morgue.

— Quelle imagination, ces journalistes ! Un type dans une cheminée, est-ce qu'ils penseraient au père Noël ou au grand méchant loup ? Non, Edgar Poe. L'américanisation nous guette… »

J'allais lui rétorquer, histoire de lui clouer le bec, que le détective d'Edgar Poe s'appelait Dupin, qu'il enquêtait à Paris, que Marie Roget s'inspirait d'une Mary Rogers assassinée à New York et que personne, à l'époque, n'avait crié à la francisation de la société américaine, mais je ne dis rien, parce que j'étais d'accord avec lui, au fond.

« Ou Cartouche.

— Quoi, Cartouche ?

— Il était si petit qu'il descendait par les cheminées. »

Il me regarda comme si j'avais, en mentionnant le gabarit

de Cartouche, tout à la fois craché sur une icône nationale, dévalorisé le travail de la police et insulté la France entière.

Indigné, il préféra passer outre :

« On pense qu'il s'agit d'un règlement de comptes entre truands. Les États-Unis ne se contentent plus d'exporter du jazz et des romanciers ivrognes : des gangsters aussi. Les mafias cherchent à s'implanter en Europe. Elles suivent l'argent du plan Marshall. Celui-là était un porte-parole, il a dû avoir un mot de trop ! »

Lui avait l'air content du sien, de mot. Mais je n'étais pas dupe : s'il s'était trouvé en face d'un boucher, c'est sur la viande qu'il aurait blagué, et en louchebem, encore. Chacune de ses phrases sonnait le pastiche et l'effet de style. Avec un suspect, passe encore. Mais avec l'époux de sa secrétaire ? Réflexe professionnel, sans doute.

« Les journaux n'ont pas fait le lien mais un autre Américain a été retrouvé égorgé le même jour, dans une rue non loin de là.

— Comme dans la nouvelle ?

— La réalité imite l'art. Ou était-ce l'inverse ?

— Des suspects ?

— On est à peu près certains que c'est le Sachem qui a fait le coup.

— Le Sachem ?

— Une figure de la pègre d'avant-guerre.

— Pourquoi on ne l'arrête pas ?

— Pourquoi vous n'écrivez pas ce grand roman ? »

Cette fois, il ne jouait plus. J'avais donné l'impression de vouloir lui apprendre son métier, il était aussi vexé que moi un peu plus tôt.

Entre un écrivain qui jouait les enquêteurs et un commissaire désireux d'écrire, à quoi s'attendre d'autre ?

« Le Sachem, on le connaît bien. En temps normal, on sait où le trouver. On s'invite dans un de ses claques, il paye le champagne, on repart sans lui mais avec quelques tuyaux de première main. Les tauliers et nous, c'est comme un vieux couple, je t'aime moi non plus. Sauf que pendant la guerre, ça a plutôt été mariage à trois, avec les boches en chaperons. Le Sachem leur a ouvert toutes grandes les portes, et ça lui a plutôt réussi. Il a bien passé un moment difficile à la Libération, mais on s'en sort toujours quand on a des relations. Et puis, les maisons closes ont fermé pour de bon. Le Sachem s'est reconverti dans la dope. Des bordels, il en avait à Saigon et dans toute l'Indochine, il savait à quelles portes taper. Il importait, il raffinait, et tout ça partait pour les États-Unis. Une affaire qui roulait, jusqu'à cette petite brouille.

— Quelle petite brouille ?

— Dites-moi si j'extrapole, mais quand on encastre ses associés dans des cheminées, il y a forcément du différend professionnel dans l'air. »

J'en avais entendu assez pour savoir que je ferais mieux d'oublier toute cette affaire au plus vite.

« On sait pourquoi ? »

Maillet eut un geste vague :

« Conflit d'intérêts, je suppose. La production d'opium est aux mains du Vietminh et les Américains préparent la guerre en Corée. C'est toujours mauvais, quand la politique s'en mêle. Avant, il y avait les voyous et nous, c'était simple. Le monde s'ouvre, le libre-échange n'épargne pas le crime. De nos jours, pour s'en sortir, le truand doit regarder au-delà des frontières, l'époque est aux holdings.

— Et le Sachem ?

— Ses actions sont à la baisse, comme on dit au palais Brongniart. La concurrence est rude, c'est l'OPA hostile. Il se fait rare. Certains le prétendent mort.

— Lui aussi ? »

En fin d'après-midi, j'étais de retour chez Gallimard. De loin, je vis Duhamel sortir en soutenant un auteur dont j'ai oublié le nom, un Anglais à qui il avait conseillé de se faire passer pour un Texan et de forcer sur le bourbon en public, lui qui ne buvait que du thé dans l'intimité.

La voie était libre.

« Il vous a vu vous enfuir, il était furibard. Vous allez en entendre parler !

— Je vais mettre les bouchées doubles. Il sera tellement content de ma traduction qu'il en oubliera tout le reste. Vous avez ce que je vous ai demandé ? »

Martine tira de son sous-main deux lettres adressées à Paulhan.

Je les comparai aux feuillets remis par Jo le Chanceux.

Aucun doute, c'était la même écriture.

Ariel Fagne était bien vivant !

« On peut savoir ce que vous faites ?

— De la graphologie.

— Les traducteurs en ont besoin ?

— Non, mais les détectives, oui. »

Elle me regarda déconcertée. Ou bien la traduction à la chaîne de romans policiers avait eu raison de mon sens des réalités, ou bien j'essayais de me mettre dans la peau d'un personnage pour le rendre plus crédible en français. Drôle de méthode, mais Martine connaissait les bizarreries des traducteurs. Qu'attendre de gens qui s'expriment avec les mots des autres ?

« Vous savez qu'ils donnent *L'enfer est à lui* au Champo ?

— Ne me dites rien, j'y vais ce soir.

— Oh ! Avec qui ?

— Dites donc...

— Vous aimez Cagney ?

— Il est formidable. Gabin lui a tout pris !

— C'est exactement ce que je pense. Dites, Martine, vous vous souvenez où vivait Fagne avant la guerre ? »

Elle se promenait quelque part sur Hollywood Boulevard au bras de Cagney, ma question la ramena à la réalité à l'improviste.

« Chez sa mère, du côté des carrières d'Amérique.

— Je suis sûr que vous vous rappelez l'adresse. »

Elle l'écrivit sur une carte de visite de la Série Noire. Une fois dehors, je vérifiai à tout hasard si elle n'avait pas ajouté la sienne.

Non.

N'est pas James Cagney qui veut.

# DIX

Le lendemain, pris de remords, je travaillai d'arrache-pied sur *J'en parlerai à mon cheval.*

Si je fréquentais les cafés, c'était pour améliorer nos traductions, et j'avais accepté d'aider Jo le Chanceux parce que le Ricain avait fait l'éloge de son maniement de l'argot. Mais, de fil en aiguille, j'en étais arrivé à oublier traduction et même roman pour jouer les détectives.

« On ne va pas tenir avec un contrat tous les quatre mois, m'avait prévenu Gisèle. Il faut qu'on accélère le rythme si on ne veut pas finir sur la paille ! »

D'autres traducteurs n'avaient besoin que d'un mois. Étaient-ils aussi pointilleux que moi ? Mon exigence du mot juste découlait de mes prétentions frustrées d'auteur. Duhamel voulait le langage parlé de la rue mais il en ignorait à peu près tout, à l'instar de la majorité de nos lecteurs. Quelqu'un aurait-il fait la différence si j'avais inventé mon argot moi-même ? Je serais allé plus vite qu'en jouant les linguistes du pavé par amour-propre.

L'affaire Fagne me tournait dans la tête. Si Jo ne m'avait

pas donné son nom, c'est peut-être qu'il l'ignorait. Ariel Fagne devait vivre sous un nom d'emprunt. Que je sache, il avait été condamné à mort par contumace. Rentré en France on ne sait quand ni pourquoi, il devait vivre de travaux littéraires anonymes.

Le Sachem se cherchant un biographe, j'imaginais un ami commun le lui présenter en souvenir du bon vieux temps de l'Occupation : « Vous avez plein de choses en commun, vous devriez collaborer. »

Mais alors, pourquoi disparaître subitement ?

Un désaccord sur la méthode ? Une querelle esthétique ? Ce Sachem m'avait tout l'air du genre à vous couler dans le béton pour une virgule mal placée.

Peut-être que quelque chose avait fait peur à Fagne. Le Sachem, niveau fautes à confesser, c'était pas Rousseau, mais Fagne devait en avoir vu d'autres. Pour un criminel, se choisir un biographe condamné à mort, c'est la certitude d'échapper au jugement moral. Le fond et la forme, quoi. L'important, c'est de se comprendre. Mais alors ?

Une macabre révélation ?

Un inavouable secret de guerre mettant l'écrivain en danger ?

Ou tout autre chose : une rencontre inopinée dans la rue, un regard un peu trop insistant, la peur d'être reconnu.

Et si Fagne avait été enlevé ?

Les ennemis du Sachem, peu soucieux de notoriété publique, l'avaient peut-être déjà rendu à la page blanche éternelle.

Est-ce un crime aux yeux de la loi de tuer un ressuscité ?

En parlant de loi, ne pas oublier ceux qui avaient intérêt à un procès public. Quelques années après la fin de la guerre, l'union sacrée avait fait long feu, les communistes avaient été chassés du gouvernement. Les derniers Comités de la Libération démantelés, l'ambitieux programme social du Conseil national de la Résistance subissait des attaques de toute part. Le procès d'un collaborateur de renom, écrivain célèbre revenu d'entre les morts, aurait pu rassembler pour un temps les forces issues de la Résistance, désormais dans des blocs opposés.

Gangsters, bandes rivales, policiers et chasseurs de nazis : dans ces conditions, avais-je vraiment intérêt à m'en mêler ?

Je n'avais fait que croiser Fagne avant-guerre. Ce jeune homme torturé qui ne vivait que pour la littérature m'avait fait bonne impression. Les exécutions d'intellectuels à la Libération m'avaient convaincu du droit à l'erreur, moi qui n'ai jamais été en rien du parti des intransigeants.

Ces prédispositions expliquent pourquoi la curiosité l'emporta.

En fin d'après-midi, après avoir corrigé à toute vitesse plusieurs chapitres que Gisèle trouva « plus légers et plus enlevés » que d'habitude, j'étais aux Carrières, devant la maisonnette de la mère de Fagne.

Il bruinait.

Les volets étaient clos. La grille du jardinet grinça en s'ouvrant, je frappai à la porte.

Aucune réponse.

Je collai mon oreille : pas un bruit.

C'était une petite rue triste qui donnait sur une placette. Les maisons se ressemblaient. De rares passants, trois personnes à l'arrêt du tramway et un type qui lisait un numéro de *Sélection du Reader's Digest* sur un banc.

Je cognai plus fort à la porte.

Une fenêtre finit par s'ouvrir à l'étage de la maison voisine, un petit moustachu en maillot de corps passa la tête.

« Si c'est pour la visite, vous avez un jour d'avance. »

En tant que détective, ma méthode est simple : toujours dire oui à tout et attendre de voir ce qui se passe.

« Je vous ferais bien faire le tour du propriétaire maintenant mais je viens de passer à table. »

Le petit moustachu avait une serviette de table autour du cou et une cuillère à soupe à la main. Derrière, on entendait chanter Maurice Chevalier.

« C'est vide depuis longtemps ? Je crains l'humidité.

— Quatre mois. L'ancienne locataire a disparu sans laisser de trace. Comme elle habitait là depuis vingt ans, j'ai attendu un peu, mais il faut bien vivre.

— Alors, ses affaires sont toujours dedans ?

— J'ai tout vendu pour faire de la place, à part quelques meubles. Si elle réapparaît, l'argent sera pour elle, mais j'en doute.

— Il y avait des livres ? Je suis un grand lecteur.

— C'en était plein. On se demande où les gens trouvent le temps de lire tout ça. Mais vous arrivez trop tard, le bouquiniste de la place a tout racheté au poids. En voilà un qui n'a jamais entendu parler de l'inflation…

— Bon, alors je repasse demain, c'est ça ?

— Oui. Ça va vous plaire, j'ai laissé toutes les étagères. Ce sera toujours du travail en moins. Quand on aime lire, il faut penser aux contraintes pratiques... »

Les contraintes pratiques, le bouquiniste de la place s'en moquait. Les livres débordaient de sa boutique, de sorte qu'on n'y pénétrait qu'un par un, de côté, en rentrant le ventre. Les gros lecteurs n'avaient qu'à aller voir ailleurs. Les rares clients en étaient réduits à feuilleter les livres en devanture, récentes acquisitions que le bouquiniste entreposait à l'entrée dans l'attente d'un classement qui n'arrivait jamais. Le client progressait dans sa librairie comme le géologue fouille la terre : les plus lointaines strates sont les plus anciennes.

Lui-même se trouvait calcifié au fond d'un gisement de livres sédimentés, dont seule sa tête dépassait. Était-il fossilisé ? Fallait-il lancer une expédition de spéléologues à son secours ?

« Ohé ! »

Mon cri se répercuta dans les tunnels. Le fossile leva la tête. Il avait la face blanchie des animaux cavernicoles.

« C'est bien vous qui avez acheté la bibliothèque Fagne ? »

Le fossile prit un air méfiant. Ses longues moustaches lui donnaient un air de trilobite.

« Ça se peut.

— Ils sont où ?

— Cherchez par là. »

Il désigna de monumentales stalagmites de livres.

« Plus précisément ?

— Je ne sais pas, il y a eu un éboulement. Vous cherchez quelque chose en particulier ? »

La question que je redoutais. Avisant une concrétion de volumes de la Série Noire, je m'y raccrochai.

« C'était à lui ?

— Non, la collection n'avait pas encore été créée quand il est parti. Et puis lui préférait la vraie littérature.

— Vous l'avez connu ? »

Le trilobite eut l'air de se refermer sur lui-même.

« Comme ça... »

Au-dessus de la gangue du fossile se trouvait un beau volume de Rimbaud relié plein cuir qui tranchait avec le reste des éditions bon marché.

« Combien ? »

Il tendit la tête hors de sa gangue.

« Pas à vendre.

— Vous n'êtes pas bouquiniste ?

— Il ne faut pas se fier aux apparences. Vous, vous avez écrit un roman, et pourtant vous n'êtes pas écrivain. »

Une crevasse s'ouvrit sous mes pieds !

C'était la première fois qu'on me reconnaissait. Peut-être ce pauvre homme avait-il racheté un lot d'invendus. Si c'était le cas, il n'avait pas dû rentrer dans ses frais, je comprenais qu'il ne soit pas plus accueillant. Combien des exemplaires de *L'urinoir* qui n'avaient pas fini au pilon moisissaient-ils là-dedans ?

Je battis en retraite, démoralisé d'avoir été enfin reconnu par un lecteur uniquement pour me faire dénier le titre d'écrivain.

Après tout, qu'importait ?

C'est comme détective que j'avais de l'avenir.

Pour preuve, à la sortie, je repérai immédiatement l'homme au *Reader's Digest*. Il avait changé de banc et se leva pour m'emboîter le pas. Costume gris perle, col de l'imperméable remonté, feutre sur l'oreille, il fumait en marchant, l'air décontracté du taulard à la promenade.

Prendre en chasse un traducteur littéraire ne requiert pas beaucoup de discrétion, devait-il croire. Un traducteur de poésie, je ne dis pas, mais je traduisais pour la Série Noire. Aussi théorique soit-elle, je tenais ma science de la filature des détectives américains, les meilleurs, et j'avais aussi appris comment fausser compagnie à mes poursuivants.

Restait à mettre en pratique…

Surtout, ne pas lui montrer que je l'avais repéré. Malgré mes envies de partir en courant, ne pas accélérer le pas, ne pas compliquer trop mon trajet. Je m'arrêtai boire un café au comptoir : dans le miroir, je le vis dehors qui faisait semblant de s'intéresser à l'affichette sur la porte : « Ici, on boit français ».

Un grand magasin faisait l'angle plus loin. Je fis semblant de faire mon lacet devant l'entrée, pour ne pas mettre mon suiveur sur ses gardes, entrai tranquillement, avant de me mettre à courir entre les rayons de lingerie pour ressortir par l'autre porte.

Hors d'haleine, je fis le tour du pâté de maisons et, manquant me cogner dans un grand type coiffé d'un Stetson au coin de la rue, je passai la tête : mon homme était là, qui attendait que je ressorte.

Pas possible !

Le truc avait marché !

Il y a donc du vrai dans ces histoires de détectives ?

Au bout d'une douzaine de cigarettes, le malheureux finit par comprendre qu'on lui avait faussé compagnie.

La tête qu'il a tirée !

Mis dedans par un traducteur, il allait en entendre parler longtemps !

La clope en berne au coin des lèvres, le bada sur les yeux, il partit en traînant les pieds. Et c'est moi, traducteur transformé en détective, poursuivi devenu poursuivant, qui le pris en chasse.

Il remonta vers Pigalle en passant par Colonel-Fabien.

Je le filais comme une métaphore.

À la Grange-aux-Belles, la façade de la CGT annonçait l'ouverture de la « bataille du livre » de Paris. Depuis quelques mois, encouragés par Moscou, les écrivains français avaient déclaré la résistance littéraire contre l'impérialisme culturel américain. Il ne fallait pas que notre littérature connaisse le même sort que notre cinéma, sacrifié sur l'autel du plan Marshall. La première bataille avait été livrée à Marseille un mois plus tôt, en soutien aux dockers qui refusaient d'expédier des armes contre le Vietminh en Indochine.

Aragon avait déclaré : « en littérature comme ailleurs, il ne faut pas que triomphe le Coca-Cola sur le vin. » On lui avait connu des sentences plus poétiques.

Dans quelques jours, c'est lui qui prononcerait le discours inaugural de la bataille parisienne pour défendre nos saines lettres nationales contre l'invasion de la littérature belliciste et pornographique venue d'outre-Atlantique.

Je rasai les murs.

À Pigalle, la nuit n'était pas encore tombée qu'elle s'embrasait déjà de néons rouges.

Au pied de la Butte, le costume gris perle disparut dans un petit cabaret de strip-tease curieusement dénommé le Saint-François. Façade aveugle, porte close, impossible de rien voir d'autre que de minuscules photos du spectacle sur une affichette, à côté du tarif des consommations.

À l'étage, deux fenêtres ouvertes. Une jeune fille arrangeait ses géraniums en sifflotant un air de Sinatra tandis qu'un petit perroquet voletait dans sa cage. Comme saint François, prêchait-elle aux oiseaux ? À l'un comme à l'autre, en tout cas, on aurait donné le bon Dieu sans confession. Quand elle me vit sur le trottoir, la jeune fille prit un air étonné avant de me sourire :

« Hello ! »

Pour cacher mon embarras, je rabattis mon chapeau sur mes yeux.

Elle disparut à l'intérieur.

Je la cherchai en vain sur les photos des strip-teaseuses.

Au coin de la rue, je me retournai une dernière fois au cas où elle se serait remise à la fenêtre. Elle n'y était pas.

Mais le grand type au Stetson me suivait en enjambant les flaques.

# ONZE

« Alors, ça vous plaît ? » me demanda le propriétaire de la maisonnette des Fagne.

Sans sa serviette à carreaux autour du cou et les traces de navarin de mouton dans sa moustache, j'avais eu du mal à le reconnaître.

« Il y a trop d'étagères.

— Mais… et vos livres ?

— J'essaye d'arrêter. »

La visite ne m'avait rien appris d'intéressant. L'appartement avait été nettoyé.

Je n'avais plus de pistes, guère d'idées, et un seul projet : aller m'asseoir à la terrasse du café de la place, en face du bouquiniste, en attendant que quelque chose se passe.

J'avais emporté les derniers chapitres traduits par Gisèle. Récemment, les dictionnaires d'argot m'étaient de moins en moins utiles. Non seulement j'avais acquis une certaine aisance, à force, mais mon épouse s'ingéniait surtout à saper le credo réaliste auquel, par conscience professionnelle, j'étais forcé d'adhérer.

« Le réalisme, il n'y a que les guides de tourisme pour s'en soucier, et encore. Un argument de vente, voilà ce que c'est. Pour le lecteur, la réalité c'est ce à quoi il croit ! »

Se disait-elle que j'aurais plus de temps pour aider aux tâches ménagères si j'en passais moins à chercher le mot juste ou avait-elle en tête de libérer mon énergie créatrice de ses carcans éditoriaux ?

« Pour parler de la réalité, la littérature a besoin de recul, la perspective est dans le style. Si elle se contente de la singer, elle n'est que simulacre. Tes artifices ne trompent que les gogos ! »

Où allait-elle chercher tout ça ?

Elle avait étudié les lettres, dans sa jeunesse, et lisait dans trois langues.

C'était peut-être elle qui aurait dû devenir écrivain.

Moi, je me contenterais d'être son personnage.

Sur la place, rares étaient les passants qui feuilletaient les livres, et plus rares encore ceux qui entraient dans la librairie.

J'y passai l'après-midi et les deux jours suivants.

J'avais ma petite idée…

« Pas vrai qu'un bon détective doit suivre son instinct ? m'avait demandé Alfons un jour.

— Vous en avez ?

— Non. Mais j'ai du bon sens paysan. »

Alfons avait du bon sens paysan, Gisèle de l'intuition féminine et moi de petites idées.

À l'aller et au retour, je passai devant le Saint-François sans oser y entrer. Tomber nez à nez avec mon poursuivant m'inquiétait moins que le traitement des filles. Une fois, l'une d'entre elles m'apostropha sur le pas de la porte. Elle portait une élégante robe échancrée agrémentée d'un bouquet de camélias blancs.

« Alors, mon micheton, on a le traczir ? »

En fermant les boxons, la loi Marthe Richard n'avait pas pour autant mis fin au folklore, l'esprit parisien survivait.

Je déduisis de cette subtile interpellation qu'on m'avait repéré, excellente excuse pour ne plus y revenir. De toute façon, l'ange du premier étage n'avait pas reparu et les fenêtres restaient closes. Même le perroquet s'était fait la malle.

Quant à l'homme au Stetson, je ne le revis plus. Peut-être avait-il simplement changé de chapeau ?

Chaque matin, le bouquiniste arrivait vers neuf heures. Il commençait par sortir les caisses de livres empilées derrière la porte pour se frayer un passage. On ne le revoyait plus de la journée. Le soir, il renfournait les caisses, au mieux plus légères d'un livre ou deux. La librairie gavée s'endormait d'un sommeil lourd.

Et puis, le soir du troisième jour, alors que je venais de mettre un point final aux corrections de plusieurs chapitres de *J'en parlerai à mon cheval*, je vis enfin s'approcher la petite vieille, un fichu sur la tête et un cabas à la main.

Celle-là n'avait pas lu les conseils de prudence des détectives américains, pour sûr. Elle trottinait aussi vite que le lui permettaient ses vieilles jambes, n'arrêtait pas de se retourner pour vérifier si on ne la suivait pas et baissait les yeux d'un air coupable chaque fois qu'elle croisait quelqu'un.

Elle s'engouffra dans la librairie et en ressortit presque aussitôt, son cabas chargé de livres. Je me précipitai, en fourrant les pages que je venais de corriger dans la poche de mon veston.

Je n'eus besoin que d'un coup d'œil : le Rimbaud et les autres éditions de valeur au-dessus de la caisse du bouquiniste avaient disparu.

Ma petite idée était la bonne : un écrivain peut tout abandonner, ses convictions, son pays, ses lecteurs, sa mère, parfois même son éditeur, mais pas ses livres.

On ne trahit pas ses lectures sans se trahir soi-même.

Et Ariel Fagne, dans sa vie comme dans sa mort, avait déjà trop trahi.

# DOUZE

Je la suivis jusqu'à Charenton. C'était un long voyage pour une dame de son âge mais d'autres n'en ont pas fait moins pour un fils ressuscité.

Elle entra dans un petit immeuble taciturne, je me faufilai à sa suite avant que la porte cochère se referme.

Un détective aurait compté les pas pour savoir à quel étage elle s'arrêtait plutôt que de l'estimer au jugé.

Un détective aurait su ce que signifiaient en morse les trois coups rapides suivis d'un lent et de deux rapides qu'elle frappa à une porte.

Pas moi.

Peut-être simplement *toc-toc.*

J'attendis un peu, voir si quelque chose se passait. La méthode avait marché une fois, c'était déjà beaucoup. Je me dépêchai de rentrer car Gisèle avait préparé un pot-au-feu.

Le lendemain, j'arrivai à temps pour voir la vieille dame sortir faire son marché. Un petit type coiffé d'un béret, sa baguette du matin sous le bras, entra dans l'immeuble peu après. J'en profitai. Il me jeta un regard noir sous le béret mais n'osa rien dire.

Je montai à pas lents pour faire croire à Fagne que sa mère revenait.

La ruse fonctionna. La porte s'entrouvrit aussitôt que j'eus tapé les six coups. Je poussai pour entrer.

« Qu'est-ce que vous voulez ? me demanda un croquemitaine qui ressemblait à un mauvais pastiche de Fagne.

— Un autographe ! »

Efflanqué, gris, le cheveu rare, l'enfant chéri des lettres françaises avait prématurément vieilli. Ses jambes peinaient à le porter. Dos courbé, épaule basse, il chancelait. Et pourtant, sa main tremblotante avait assez de force pour pointer un pistolet sur moi.

Juste retour des choses : je me prenais pour un détective et Fagne jouait les gangsters. Sans doute aurait-il mieux valu pour nous deux continuer à écrire sans nous mêler des choses du monde.

« Attendez ! Je ne vous veux pas de mal. Vous ne vous souvenez pas de moi ? Gringoire Centon ! J'ai publié un roman, avant-guerre. *L'urinoir*, ça vous dit quelque chose ?

— Non.

— Non, bien sûr. Mais on s'est croisés. J'étais à la soirée de lancement de *La Gaule durable* au Flore.

— Tout Paris y était. »

Côté vanité, il n'avait pas changé, mais on pardonne plus facilement aux autres leurs petits défauts lorsqu'ils pointent une arme sur vous. J'allai plus loin dans la flagornerie :

« Une merveilleuse réflexion sur notre identité collective !

— Qu'est-ce que vous voulez ?

— Regardez. »

Je fis mine de prendre les feuillets pliés en quatre dans la poche intérieure de ma veste.

« Tout doux ! » fit-il en brandissant son arme.

Par réflexe, je levai les mains, un peu plus haut que j'aimerais l'avouer.

« Je ne suis pas armé. »

Avoir à l'admettre me remplissait déjà d'orgueil. Jamais je n'aurais imaginé prononcer une phrase pareille. Peut-être aurais-je le courage de la mettre dans un roman, maintenant. En admettant que ce Goncourt de la gâchette ne me fasse pas la peau avant.

Je lui tendis les feuillets. Immédiatement, je le vis se décomposer.

« Où avez-vous eu ça ?

— Votre patron vous cherche.

— Mon patron ?

— Votre commanditaire. L'autobiographé, quoi ! »

Je m'attendais à le voir tiquer au néologisme mais la lexicographie semblait le moindre de ses soucis à l'instant présent. J'explicitai, au bluff :

« Le Sachem s'inquiète de votre disparition.

— Ma disparition ? J'ai vu le Sachem encore hier pour une séance de travail. Il sait parfaitement où me trouver, cette planque lui appartient. Qui vous a donné ça ?

— Son lieutenant, Jo le Chanceux. »

La peur déforma son visage.

« Tu bosses pour Jo ? » cria-t-il en visant ma tête.

Je levai les mains devant mon visage, comme si on pouvait arrêter les balles.

« Je ne bosse pour personne. Enfin, si, pour Gallimard. Je suis traducteur. Je voulais juste rendre service !

— À Jo le Chanceux ? T'es louf ! Il t'a promis combien ?

— Juste des mots.

— Des mots ?

— De l'argot pour mes traductions.

— Tu m'as vendu pour une traduction ? »

Mon air piteux répondit pour moi. Fagne dut se trouver bête de m'avoir pris pour un tueur, et plus bête encore de s'être fait griller par un ahuri dans mon genre.

« Comment tu m'as trouvé ? »

Je désignai les feuillets dans sa main.

« Il suffisait de savoir lire entre les lignes. »

Fagne écarquilla des yeux où je crus deviner autre chose que du mépris.

« Amène-toi ! »

Il m'entraîna dans un bureau. Deux fauteuils de part et d'autre d'une cheminée, des étagères trop grandes pour les quelques livres et un bureau couvert de feuilles manuscrites.

« Fais du feu, magne-toi ! »

Je m'exécutai tandis qu'il rassemblait les feuilles et d'autres papiers pris dans les tiroirs du bureau.

Des coups retentirent à la porte.

« Les voilà ! »

J'étais trop occupé à souffler sur la braise pour demander qui. Et puis, je commençais à comprendre. Des coups d'épaule suivirent, la porte céda au moment où Fagne jetait son manuscrit dans les flammes. Le premier truand qui tenta de pénétrer dans le bureau reçut une balle dans la cuisse en guise de bienvenue.

Des cris, des râles, le bruit d'un corps qu'on traîne. Fagne renversa un des fauteuils et me tira derrière sans ménagement.

À l'époque des salons littéraires, il ne traitait pas le mobilier de cette façon.

« Qu'est-ce qui vous a pris ? demandai-je.

— C'est un vieux fauteuil.

— Je parle de la guerre.

— Vous trouvez le moment bien choisi ?

— Pas sûr qu'il y en ait d'autres...

— Je croyais en la culture européenne.

— Un peu vert-de-gris, votre culture.

— Rassurez-vous, vous aurez le choix entre les Américains et les Russes.

— Les temps changent.

— Tu parles d'une nouvelle ! Ils ne font que ça, changer...

— Il doit bien exister une troisième voie ?

— C'est l'interprète qui parle !

— Toute traduction est dialogue.

— Ta gueule et va traduire *Mein Kampf* ! »

Dans le vestibule, la voix de Jo le Chanceux nous interrompit :

« Fagne, range ton feu. Moucharde le Sachem et on te laisse calter peinard.

— Tiens, vous parlez à nouveau l'argot ?

— Joue pas les marioles, le traducteur. On n'a rien contre toi.

— Vous devriez obéir, murmurai-je à Fagne.

— Le Sachem m'a sauvé la peau. Il m'a tiré des griffes des Russes et m'a planqué dans un claque à Riga le temps de trouver une filière pour me faire rentrer. Pourquoi, à ton avis ?

— Au nom de la culture européenne ?

— Tu peux rigoler. Figure-toi qu'il aime mes livres. C'est un homme de lettres. En remerciement, je l'aide à rédiger ses Mémoires.

— Et Jo ?

— Le Sachem est passé à travers l'épuration du Mitan mais, depuis la guerre, les seconds couteaux se prennent pour les De Gaulle de la truande. C'est tous les jours le 18 Juin. Esprit de Yalta oblige, ils s'imaginent se partager Paris comme l'Allemagne. Sauf que le Sachem ne compte pas démilitariser... »

Jo cria :

« Fagne, ta dabesse va pas tarder à rappliquer avec la briffe. Un pruneau, c'est la dernière chose qu'elle risque de bouffer !

— Pourquoi il vous parle en argot et pas à moi ?

— Laisse tomber. »

Il y avait une fenêtre derrière nous. À quatre pattes, j'allai l'ouvrir pour appeler à l'aide.

En bas, je reconnus immédiatement le Ricain, en grande conversation. Qu'est-ce qu'il faisait là ? Pour une coïncidence…

Pour ne pas crier, j'attirai son attention par de grands gestes. Tant bien que mal, je mimai la situation : index et pouce tendus pour le pistolet, pan, pan, l'autre main désignant l'intérieur, et puis le pouce sous la gorge, avec une grimace d'agonie des plus expressives, et enfin le pouce et l'auriculaire en combiné téléphonique sur l'oreille, pour appeler la police.

Je savais en dire, des choses avec mes doigts.

Interprète dans la langue des signes, c'était une reconversion possible, si je m'en sortais.

Ma pantomime eut l'air de fonctionner car le Ricain acquiesça. Il mit un doigt sur ses lèvres comme pour me recommander la prudence et me fit signe de rentrer.

Lorsqu'il ne parlait pas, je le comprenais mieux.

Je refermai la fenêtre.

En revenant vers Fagne, une image me frappa : l'homme avec qui le Ricain parlait, ce Stetson, ces moustaches à la Buffalo Bill, se pouvait-il que…

Je remis le nez à la fenêtre : la rue était vide.

« La police va venir, murmurai-je à Fagne en me rasseyant.

— Vous avez d'autres bonnes nouvelles ? »

Je me souvins qu'il était condamné à mort.

Il soupira :

« Je crois que je préfère encore Jo. »

Et tout haut :

« C'est bon, t'as gagné. On sort. »

Et il jeta son pistolet vers la porte.

« Mais faut me vider le plancher avant le retour de ma mère.

— T'en fais pas, répondit Jo en entrant suivi de trois sbires. Plus tôt tu te mets à table, plus tôt on décarre. Alors, il planque où, le Sachem ?

— Tu vas être déçu, il y a des mois que je n'ai pas de ses nouvelles.

— Arrête ton charre. Tu veux qu'on te rafraîchisse la mémoire à coups de pompe ? »

Et s'adressant à moi :

« Mettez-les, mon vieux ! Vous n'allez pas aimer le dénouement de ce roman-là. »

Je lançai un regard à Fagne. Il me fit signe de partir.

Après tout, c'était un collabo, un traître, un criminel en fuite et le complice d'un truand. Mais en descendant l'escalier, tête basse, je me sentais un traître moi-même.

Arrivé au deuxième étage, j'entendis qu'on montait.

Déjà la police ?

J'avais peut-être une chance de sauver Fagne malgré lui !

Je remontai à toute vitesse et me ruai dans l'appartement en claquant la porte derrière moi. Mon irruption coupa Jo dans son élan, le poing en suspens. Face à lui, Fagne avait le visage en sang et la tête pendante. Deux des bandits lui tenaient les bras. Le troisième, avachi dans un fauteuil, serrait les dents en pansant sa cuisse. Jo s'était retroussé les manches.

« La police arrive !

— Ce truc ne marche que dans les romans, mariole ! »

Trois coups retentirent à la porte.

« Déjà ? fit Jo.

— Je vous l'avais dit.

— Va ouvrir. »

J'ouvris.

Le Ricain entra. Il portait un blouson d'aviateur. L'homme au Stetson et un gros roux en cache-poussière l'accompagnaient.

Il me sourit et s'adressa à Jo :

« Est-ce que je ne vous avais pas dit qu'il réussirait ? »

Jo répondit :

« J'ai pas fini.

— Plus le temps. On avait dit : pas de coups de feu. Les voisins ont sûrement déjà appelé la police. Peut-être même la Kommandantur : en cinq ans, les bonnes habitudes ne se perdent pas. »

Il parlait un français comme vous et moi, sans la moindre pointe d'accent. Alors pourquoi est-ce que je ne comprenais pas ce qu'il disait ?

« Le deal, c'était le Sachem pour moi et Fagne pour vous.

— Personne n'aura rien si on attend les flics. Il sera toujours temps de le faire parler plus tard.

— Alors je l'emmène.

— Pas question.

— On est plus nombreux que vous, Ricain.

— Dans la guerre moderne, la victoire repose sur l'équipement, pas sur les effectifs. La débâcle de 40 aurait au moins dû vous apprendre ça ! »

Le gros roux avait le visage constellé de taches de rousseur. De sous son cache-poussière, il sortit une mitraillette et mit les truands en joue.

« Je croyais qu'on était associés ? Bonjour la conciliation à l'amiable !

— Le temps manque pour les longs discours, j'ai préféré résumer mes arguments. Prenez ça comme une métaphore.

— T'as de ces mots... »

Ils se tenaient tous en joue.

« Je crois qu'il s'est évanoui, dis-je en désignant Fagne, que les truands avaient lâché pour sortir leurs armes.

— L'intervention toujours opportune, ce M. Centon ! »

Enfin un qui prononçait correctement mon nom.

Je ne me rappelais pas le lui avoir jamais dit, cependant.

Je n'étais plus Greg ?

L'homme au Stetson mit Fagne sur son épaule sans que personne ne proteste.

« *Let's go, partner.*

— Personne n'a intérêt à attendre la police, dis-je, surtout pas lui.

— Les idées claires et le mot juste. L'art de traduire la pensée commune. C'est un don ! »

En réalité, le seul qui avait intérêt à voir débarquer la police, c'était moi, qui n'étais ni collabo, ni gangster, ni kidnappeur. Mais la phrase était sortie toute seule, comme une réplique apprise par cœur.

Ils reculèrent sur le palier.

« Vous venez ? me demanda le Ricain.

— J'ai des projets pour le traducteur, intervint Jo.

— Excellent *cliffhanger*, comme disent les critiques, mais il vient avec nous. Le suspense reste entier pour la suite. *To be continued* ! »

Une grosse américaine attendait dans la rue, le moteur en marche. Le petit blond au volant me jeta un regard de travers. Le Stetson coucha Fagne dans le coffre.

« Malheureusement, nous n'allons pas pouvoir vous déposer, dit le Ricain. C'était un plaisir de travailler avec vous. Maintenant, vous avez de la matière pour votre roman noir.

— Je vous mettrai dans les remerciements. À quel nom, déjà ?

— Une source anonyme.

— Vous n'êtes pas américain, pas vrai ?

— Par ma mère. Mais j'ai grandi en France.

— Et les histoires que vous m'avez racontées ?

— Je suis un grand amateur de films hollywoodiens.

— Vous devriez faire du cinéma, vous avez des dons d'acteur.

— Vous savez, avec ou sans caméra, il s'agit toujours de jouer un rôle. Vous aussi, quelque chose me dit que vous avez des dispositions. Ne vous tracassez pas pour Fagne, vous lui avez sauvé la vie. Qu'il parle ou non, Jo se serait débarrassé de lui. Il vaut mieux qu'il soit avec nous.

— C'est qui, nous ?

— *So long* ! »

Le petit blond démarra en trombe.

Je traversai la rue pour me cacher sous un porche.

Les truands sortirent à leur tour et jetèrent un coup d'œil

de part et d'autre avant de détaler dans la direction opposée.

J'attendis dans la rue vide, sans trop savoir qui. La mère de Fagne, sans doute. Pour lui dire quoi ?

C'est alors que je remarquai, au coin de la rue, l'homme au *Reader's Digest* qui regardait dans ma direction.

Je m'élançai. Il était temps d'apporter des réponses à toutes les questions que je me posais.

Mais au moment précis où je quittai le porche, une estafette de police fit son apparition. Une fenêtre s'ouvrit au premier étage de l'immeuble et le petit type au béret se mit à glapir, en me pointant du bout de la baguette dont il avait déjà mangé la moitié :

« Le voilà ! Il essaie de s'enfuir ! »

L'estafette accéléra dans ma direction.

## TREIZE

« Vous devriez écrire des romans !

— Très drôle. »

Le commissaire Maillet feuilletait ma déposition.

« Une idée de dénouement ?

— La police pourrait résoudre l'affaire.

— Pas très original. D'autres vous inventent un orang-outan entré par la fenêtre pour moins que ça. Et puis, pour résoudre l'affaire, encore faudrait-il qu'il y en ait une. Le mystérieux enlèvement d'un écrivain mort depuis des années...

— Il y a des preuves. Le sang par terre...

— Des traces de sang, ça ne prouve pas une résurrection.

— La mère de Fagne ?

— On attend son retour. Mais pour l'instant, personne. Il y a beau avoir des pénuries, dix-huit heures au marché, ça fait long...

— Les livres ? Les papiers ?

— Ceux qui ont brûlé dans la cheminée ? Écoutez, Centon, je ne demande qu'à vous croire. On va essayer de mettre la main sur Jo le Chanceux. Votre histoire d'Américains, ça m'intéresse. Il pourrait y avoir un lien avec l'affaire de la rue Morgue. Et puis moi aussi j'aimerais bien dire deux mots au Sachem, son projet d'autobiographie pique ma curiosité.

— Professionnelle ?

— Vous n'avez vraiment aucune idée d'où il se cache ? »

Je repensai à l'homme au *Reader's Digest*. La première fois, il surveillait la maison des Fagne. Peut-être le Sachem voulait-il savoir si quelqu'un s'intéressait de trop près à l'écrivain ?

« Il y a une boîte de Pigalle où on pourrait peut-être vous renseigner.

— Le Saint-François ?

— Vous connaissez ?

— Et vous ?

— Seulement de l'extérieur. »

Il me regarda d'un drôle d'air, comme si mon visage lui rappelait soudain quelque chose, ou qu'il se souvenait m'avoir déjà rencontré avant.

« Je vous avais dit de ne pas jouer les détectives.

— D'après le Ricain, nous jouons tous un rôle.

— Nous en jouons même plusieurs. Mais il faut savoir bien les choisir. Il y a des rôles qui taillent trop grand…

— Nous, les traducteurs, sommes comme les acteurs : nous nous adaptons.

— Traducteur, c'est aussi un rôle. Et pas votre meilleur… »

Je pris un air offusqué qui le fit sourire.

« “Nous devenons ce que le sort nous fait”, ajouta-t-il en se levant. Venez ! »

Je le suivis dans une salle d’interrogatoire bondée en me demandant d’où sortait cette citation. Des hommes bien mis et des filles en petite tenue attendaient leur tour contre les murs. Il y avait même une chèvre attachée à un bureau, ses cornes peintes couleur or.

« Il y a eu une fusillade devant le Saint-François, ce soir. Une voiture au ralenti, fenêtre baissée, une rafale de mitraillette. À la mode de Chicago, quoi. Jadis, un coup de couteau dans un coin sombre faisait l’affaire mais les truands d’aujourd’hui vont trop au cinéma. L’influence de *Scarface* sur la jeunesse est désastreuse. Tout le monde veut son Browning et son feutre gris. Tout fout le camp, dans la pègre comme ailleurs. Les jeunes bourgeois comme il faut veulent une auto pour conduire leur copine au drive-in et les petites frappes pour des braquages. Le crime se motorise…

— Il y a des victimes ? »

Je pensais à la jeune fille au perroquet de ma première visite.

« Un monsieur qui avait le malheur de ressembler un peu trop au Sachem. C’est lui, le patron de ce claque.

— Je croyais que les maisons closes avaient fermé ?

— J’ai une mauvaise nouvelle à vous annoncer : le père Noël n’existe pas. Vous reconnaissez quelqu’un ? »

L’homme au *Reader’s Digest* n’y était pas mais je reconnus la fille qui m’avait interpellé devant la porte. Elle portait une robe rouge à volant, des bijoux de pacotille et un tambourin à la main, le genre bohémien.

« Allez lui parler. »

Elle me reconnut immédiatement lorsque je m'assis à côté d'elle.

« Vous êtes dans le coup ? Je leur avais dit que vous étiez pas le micheton honnête, avec vos airs de pas y toucher.

— Moi aussi j'ai été arrêté.

— À d'autres ! C'est vous qui nous les avez ramenés la première fois.

— Moi ?

— Vous étiez suivi. À cause de vous, le Sachem a dû déménager illico, avec ses Annamites et tout.

— Le Sachem se planquait au Saint-François ?

— Se planquer, le Sachem ? Faudrait y voir !

— Et c'est à cause de moi qu'il est parti ?

— Bien obligé. Vous étiez filé par on ne sait trop qui. C'est pas faute d'avoir essayé de vous faire rentrer pour vous tirer les vers du nez.

— On ne peut pas dire que vous vous y soyez bien prise…

— Une fois à l'intérieur, vous auriez passé un sale quart d'heure !

— C'est quoi, les Annamites ?

— Des champignons.

— Et ce costume ?

— C'est pour mon numéro, tiens. Je suis Esméralda. "Je peux toucher ta bosse, Quasimodo ? Fais-moi sonner les cloches !" C'est les lubies du Sachem. Les touristes adorent.

D'autres fois, je fais la Dame aux Camélias ou Mademoiselle de Maupin.

— Celle qui se déguisait en homme ?

— Soyez pas vieille France !

— Des rôles, toujours des rôles...

— Moi, les déguisements, je les mets uniquement pour les retirer.

— Vous avez de la chance. C'est la chèvre d'Esméralda, ça ?

— Il y a toujours des vicieux... »

J'allai répéter à Maillet ce qu'elle m'avait dit, avec d'autant moins de complexes qu'elle ne m'avait pas dit grand-chose.

« Des Annamites ? Certainement ses fournisseurs. Ça barde, là-bas. Depuis que la France a mis fin à son monopole sur la vente d'opium, le Vietminh contrôle quatre-vingts pour cent du trafic. Des gens commencent à se dire que l'argent de la drogue devrait servir à lutter contre les cocos plutôt qu'à les financer. L'armée pense à reprendre la main sur la production. C'est toute la filière qui va devoir se réorganiser. Le Sachem va le sentir passer. »

Tout ça me dépassait un peu. J'avais voulu écrire un roman noir, j'étais en plein roman d'espionnage. Je circulais entre les genres et les rôles avec une déconcertante facilité, sans jamais écrire la moindre ligne.

« Je voudrais prévenir ma femme. J'ai passé toute la nuit ici, elle va s'inquiéter.

— Ne vous en faites pas, elle est au courant. »

Son sourire pour me rassurer raviva mes soupçons.

« De toute façon, vous êtes libre de rentrer chez vous. Vous voulez un taxi ?

— Je vais rentrer à pied. »

Le concierge aux moustaches gauloises somnolait à l'entrée.

« Alors, les lettristes ?

— Leur leader est dans de beaux draps. Un psychiatre est venu, on veut le faire interner dans un asile. Être avant-gardiste, c'est un sacerdoce…

— Le cas de le dire ! »

Le soleil du matin dorait l'île de la Cité comme un vieux rideau de théâtre élimé.

Je pensais à Fagne. « Ne vous tracassez pas pour Fagne, m'avait assuré le Ricain, vous lui avez sauvé la vie. » Peut-être, mais c'était sans le vouloir, comme je l'avais livré à Jo sans le vouloir et l'avais poussé sans le vouloir à détruire ce qui serait peut-être son dernier texte.

Je n'avais rien voulu, à part écrire un roman dont je n'avais même pas le titre.

Quelqu'un avait voulu pour moi.

Dans les romans policiers, les détectives prévoient tout à l'avance. En réalité, c'est l'auteur. Eux n'ont que l'illusion d'avoir décidé. Est-ce vraiment si différent dans la vie ?

Oui, c'est différent. Dans la vie, il n'y a pas de logique, les évènements s'enchaînent et ce n'est qu'a posteriori qu'on leur trouve du sens, n'en déplaise à Gisèle.

Gisèle…

C'est pour retarder nos retrouvailles que je rentrai à pied.

Je ne voulais pas penser à elle mais tout m'y ramenait.

Le Ricain m'avait mis en relation avec Jo pour que je retrouve Fagne, mais qui m'avait poussé à me rapprocher du Ricain ?

Qui avait suggéré que je trouve quelqu'un dans mes bars pour inspirer mon roman ?

Était-ce par hasard que j'étais tombé sur ce Ricain de pacotille ?

D'où sortait-il, d'ailleurs ?

Que voulait-il à Fagne ?

Et le premier mari de Gisèle, que lui était-il arrivé, au juste ?

Le Ricain était trop jeune mais il y avait trop de coïncidences dans cette histoire.

Un affreux soupçon m'oppressait.

Et si ma propre épouse avait tout manigancé ?

Que me cachait-elle ?

Et ce Maillet avec ses allusions…

J'entrai dans un PMU pour téléphoner.

Je demandai Alfons Real et commandai un café et un œuf dur pour patienter : j'avais croisé la concierge l'autre jour, elle avait l'âge d'avoir inspiré des personnages à Zola, on l'imaginait mal gambader dans les étages.

Dix minutes plus tard, Real criait dans le combiné :

« Agence Real, détective Real à l'appareil !

— Ici Centon.

— Oh, c'est vous ? Mme Fernandez a parlé d'un client qui me devait de l'argent… »

Une voix grommela derrière lui :

« … ai dit que j'espérais que…

— Je vous ai demandé de me transmettre les messages mot pour mot !

— … avais cru comprendre que…

— Comprendre, c'est mon boulot. Comment voulez-vous que… »

D'un ton vulgaire, elle l'interrompit en espagnol, portugais ou catalan ; il répondit sur le même ton, en catalan, portugais ou espagnol. Après quoi, il revint à moi :

« J'ai repensé à votre conseil.

— Mon conseil ?

— Pour le diplôme de détective à mettre au mur. Je connais un fabriquant de faux billets qui…

— Écoutez-moi, Real. Je suis pressé. J'ai un travail pour vous.

— Oh ! Oh ! Moi qui pensais vous proposer de devenir mon associé, vous voilà mon client !

— Votre associé ? Non mais… Écoutez ! J'ai besoin que vous suiviez quelqu'un. Rapport complet de ses activités, pas d'intervention.

— Nom et adresse ?

— Michel Maillet. Je ne connais pas son adresse mais il est commissaire au 36.

— Oh ! Oh ! Un commissaire ! Qu'est-ce que c'est ? Meurtre ? Corruption ? Un flic véreux ?

— L'amant de ma femme.

— Oh… Désolé… »

Impossible de savoir s'il le disait pour lui, de retomber dans le linge sale, ou pour moi, d'être cocu.

Et puis, il m'énervait avec ses « oh » et ses « oh oh » qu'il voulait pleins de sous-entendus.

Je raccrochai, gobai mon œuf et payai.

Une berline noire était garée devant le PMU, le moteur allumé. À mon passage, la porte arrière s'ouvrit et un grand coup de *Reader's Digest* sur la nuque me précipita à l'intérieur.

J'eus le temps de compter trois hommes, dont un aux traits asiatiques sur le siège passager.

On me fit rouler au sol sous une couverture, deux paires de jambes sur moi.

La berline démarra sur les chapeaux de roues.

Quelqu'un avait visiblement prévu un changement de scénario pour moi.

Je me débattis pour la forme, un coup sur la tête mit fin à ma résistance. Le roman se passerait de moi pour un temps.

Comment avait dit le Ricain ?

*To be continued.*

## QUATORZE

Je me réveillai dans une bibliothèque.

Un lit de camp avait été installé non loin d'une cheminée où crépitait un feu. Sur une desserte, une carafe d'eau et un verre.

Je bus, assis sur le rebord du lit, en me massant le crâne.

De moelleux tapis, quelques tableaux au mur, un bureau à cylindre fermé dans un coin : j'aurais pu me sentir dans mon élément si j'avais su où j'étais.

Peut-être qu'en m'intéressant aux livres…

Le propriétaire de cette bibliothèque faisait montre d'un bel éclectisme et d'un désordre complet : des traités sur le sport voisinaient avec des ouvrages techniques et de la littérature, selon une logique qui ne m'apparut pas au premier abord.

Ici ou là, des affinités thématiques se devinaient, suffisamment lointaines pour qu'on puisse croire au hasard, et parfois parfaitement absurdes, comme si un enfant avait tout chamboulé à son caprice.

Par exemple, les romans de science-fiction de Maurice

Renard et *La vie des fourmis* de Maeterlinck encadraient les *Fables* de La Fontaine ; Albert Londres et Jack London partageaient une étagère avec *Deux mois avec les bandits de Chicago*, le reportage de Geo London consacré à Al Capone ; *La moisson rouge*, dans l'édition des Chefs-d'œuvre du roman d'aventures, esquissait avec *Une étude en rouge* et *L'affaire Lerouge* une unité policière et chromatique, que venait noircir Stendhal sur le rayon suivant.

S'il est vrai qu'une bibliothèque révèle l'identité de son possesseur, celle-ci brouillait les pistes. C'était une bibliothèque qui ne passait pas aux aveux.

J'étais occupé à remonter une piste qui conduisait de la version anglaise de *Nightfall*, un roman de David Goodis récemment publié à la Série Blême sous le titre *La nuit tombe*, au premier tome d'*À la recherche du temps perdu*, sans doute parce que « longtemps, je me suis couché de bonne heure », et de Proust à *La légende du chevalier au cygne* dans la version médiévale de Berthault de Villebresme, peut-être par traduction fautive de Swann en *swan*, le cygne en anglais, lorsqu'une clé tourna dans la serrure.

La porte s'ouvrit et le Sachem entra.

La soixantaine costaude, nez cassé, cheveu ras, il ressemblait aux portraits conservés par les artistes du Quai des Orfèvres dans leurs collections privées, dont Maillet m'avait fait les honneurs. Le costume sur mesure visait l'élégance à la papa, confortable et distinguée. Les charentaises gâchaient un peu l'effet. Il boitait légèrement. Ses mains énormes, disproportionnées même chez une telle force de la nature, me frappèrent (c'est une métaphore).

« J'ai pensé que vous réveiller dans une bibliothèque atténuerait un peu le choc, dit-il en entrant.

— Trop aimable ! Et ce choc-là ? répliquai-je en désignant ma bosse à la tête.

— Franchement, vous espériez quoi en vous débattant ? Vous avez lu trop de polars.

— C'était un réflexe de survie.

— Les réflexes de survie, beaucoup en sont morts. »

Je me souviens clairement m'être dit, à ce moment-là, que si je m'en sortais et finissais par écrire ce roman, il faudrait recaser cette phrase.

« C'est un paradoxe ?

— Ne dites pas de conneries ! »

Il faut admettre que c'en était une. Je ne m'arrêtai pas en si bon chemin :

« On dirait que cette bibliothèque a besoin d'un peu de rangement.

— Cette bibliothèque est parfaitement rangée pour aujourd'hui.

— Pour aujourd'hui ?

— Je la réorganise tous les matins. Selon les jours, j'y passe dix minutes ou deux heures. Mon état d'esprit du moment suggère de nouveaux liens entre les livres. La bibliothèque reflète l'évolution de ma pensée, les idées qui me viennent, mes états d'âme, mes lectures. Je tiens ça d'un historien de l'art allemand.

— Vos fameux amis allemands.

— Celui-là était juif. Sa bibliothèque a été transférée à

Londres à l'avènement d'Hitler. Vous ne l'avez pas visitée pendant la guerre ?

— Non.

— La pensée est dynamique, la bibliothèque aussi. Tout est réarrangement. Même chose en littérature et dans la vie. Ce qui est vrai un jour ne l'est pas le lendemain. »

Il prêchait un convaincu. Le traducteur sait que les équivalences n'existent pas. Tout est arrangement autant que réarrangement et ce qui est vrai dans une langue ne l'est pas dans une autre.

Néanmoins, je n'étais pas disposé à abonder dans son sens. Il pouvait me séquestrer, pas m'obliger à être d'accord avec lui :

« Du coup, personne n'est responsable de rien, pas même de ses crimes. Pratique, comme philosophie… »

Qui sait où j'ai trouvé le courage d'une pareille provocation.

Sans doute le coup sur la tête.

À ma grande surprise, il releva à peine :

« Laissez tomber les grands mots. C'est le mouvement de la vie, voilà tout. Et maintenant, dites-moi qui a enlevé Fagne. »

Avec le temps, je m'habituerais à ses brusques changements de sujet. Au beau milieu de ses réflexions sur la littérature, la réalité finissait toujours par faire irruption, l'arme au poing, façon braqueur de banque. Il ne les différenciait pas, son esprit passait sans transition de l'une à l'autre.

Je lui racontai ce que je savais, parce que je n'avais aucune raison de ne pas le faire, et parce que ce n'était pas grand-chose, en tout cas rien pour répondre précisément à sa question. Il hocha pourtant la tête d'un air entendu, comme s'il voyait clair dans ce qui n'était qu'un mystère pour moi.

« Et mes Mémoires ?

— Partis en fumée. »

Il hocha de nouveau la tête.

« Les écrits s'envolent mais les mots restent. »

Cette fois, je ne relevai pas le paradoxe mais il devina mon interrogation muette :

« Ils peuvent enlever mon prête-plume, brûler son manuscrit, même me tuer, le texte existe, il attend quelque part de s'incarner dans une forme adéquate.

— Théorie intéressante.

— Content qu'elle vous plaise, parce que vous lui devez votre présence ici. »

Comme je ne comprenais pas, il alla chercher dans la bibliothèque un exemplaire de *Desselle-toi que je te monte*, le roman de John Hugh Dodge :

« C'est vous qui avez traduit ça ?

— Pour les réclamations, adressez-vous à la maison d'édition.

— Justement, elle m'intéresse la maison d'édition. Vous êtes bien avec le directeur ?

— Si c'est pour un casse, je ne sais pas où est le coffre.

— Ça se saurait s'il y avait de l'argent dans l'édition.

— Pourquoi, alors ?

— J'ai perdu mon biographe.

— Je suis au courant.

— Mais j'en ai trouvé un autre.

— Content pour vous. »

Un long moment passa avant que ces mots prennent tout leur sens. Ce n'était pas une question de langue étrangère : même pour interpréter la pensée des autres je n'étais pas très doué.

Un sourire en coin, le Sachem m'observait en attendant le déclic.

« Attendez ! Vous n'êtes pas en train de dire que...

— Si.

— Pourquoi moi ?

— Vous me privez de mon biographe, vous le remplacez. Œil pour œil, c'est la loi du Milieu. Et puis, ce petit contretemps m'a suggéré une idée. Le genre biographique a fait son temps. "Je forme une entreprise qui n'eut jamais d'exemple et dont l'exécution n'aura point d'imitateur". C'est sûr qu'il ne se mouchait pas du coude, le Rousseau, ça avait de la gueule : « je veux montrer à mes semblables un homme dans toute la vérité de la nature ». La vérité, ça n'existe pas, et la nature non plus. Et puis, la vie des grands hommes ne passionne plus autant le lecteur depuis qu'il les a vus à l'œuvre. Deux guerres mondiales que ça lui a coûté, les grands hommes, et le couvert est déjà remis... Non, moi, ce que je voudrais, c'est transformer ma vie en roman.

— Un roman ?

— Et c'est vous qui allez le faire publier.

— Moi ?

— À la Série Noire. »

## QUINZE

On frappa à la porte.

« Entre. »

Elle n'avait plus son arrosoir ni son perroquet. Plus petite que je l'avais imaginée, elle portait une jupe à pois au genou et un pull-over. Ses cheveux étaient tenus par un bandeau rouge. Un bichon frisé la suivait.

« Voilà le *breakfast* ! »

Elle posa le plateau sur la desserte. Le Sachem la présenta :

« Suzanne, ma fille.

— Je vous ai vue au Saint-François ! »

Ça m'avait échappé.

« Le San Francisco.

— Pardon ?

— On dit le San Francisco quand on ne veut pas avoir l'air ringard.

— Les lubies de ma fille...

— C'est comme ça qu'il s'appelait, avant. Papa a traduit le nom en bon français quand il l'a acheté. Soi-disant que le sacrilège affriole le client. En réalité, mon père est un rétrograde...

— Pourquoi pas le Jockey ou le Black and White ? Je ne tiens pas un *speakeasy*...

— Papa n'aime pas les États-Unis.

— Moi ? J'ai commencé ma carrière dans le vol à l'américaine, alors...

— Vous devriez manger vos toasts avant qu'ils soient froids. »

Je ne me fis pas prier. Les toasts étaient couverts de beurre de cacahouète. Le Sachem et sa fille me regardaient mâchonner avec difficulté, c'était un peu gênant.

« Qu'est-ce que c'est le vol à l'américaine ? demandai-je pour meubler (« qu'est-che que ch'est le vol à l'améchicaine ? »).

— Le vol à l'américaine, dit aussi au charriage, traduisit Suzanne en parodiant le ton des guides de musée, consiste à faire profiter les touristes du chaleureux accueil français.

— On attend les étrangers à la sortie des gares pour leur monter un bateau. Facile quand on parle anglais...

— Vous parlez anglais ?

— Ne le lancez pas ! Il va recommencer avec ses vieilles histoires.

— C'est mon biographe ! S'il y a bien quelqu'un à qui j'ai le droit de raconter ma vie...

— Votre biographe ? Attendez un peu...

— Et Fagne ? demanda Suzanne.

— Il s'est fait serrer.

— Tant mieux.

— J’étais boxeur, reprit le Sachem à mon intention.

— “Même âge que Carpentier mais j’étais meilleur. C’est pour ça qu’on m’a emmené en tournée aux États-Unis et pas lui…” », l’imita Suzanne.

C’était comique. Pour un peu, j’en aurais oublié que c’était d’un caïd de la pègre habitué à encastrer ses ennemis dans des cheminées que l’on se moquait.

« Fais-nous des vacances, tu veux ?

— Je vais chercher les ice-creams.

— C’est ça, et laisse-leur le temps de réchauffer, on les aime tièdes… Je ne sais pas quoi faire avec cette môme », confessa le Sachem après son départ.

J’avais bien deux ou trois idées mais il n’aurait pas aimé les entendre.

Il poursuivit :

« Dans une bagarre de bar, à Brooklyn, j’ai pris un coup de batte de base-ball. La rotule en l’air. Fini la boxe. Des amis m’ont dégotté une place de videur dans un boxon. À cette époque, les Français tenaient le haut du pavé sur tout le continent. J’ai appris la langue et les rudiments du métier. Juste avant la guerre, sous prétexte de moralisation, les Français se sont fait lourder. En réalité, les macs locaux voulaient reprendre la main. Même le pain de fesse n’échappe pas au protectionnisme américain. Je suis rentré en France en plein conflit mais, avec ma patte folle, pas question d’aller au front. J’ai fait un peu dans l’arnaque, avant de me rendre compte que la plupart des souteneurs parisiens s’étaient fait la malle à Barcelone dès le début des hostilités. La place était à prendre… »

C'était bien gentil, ces petites confessions, mais je n'avais aucune envie de les entendre. Encore moins d'en faire un roman. Déjà que je n'arrivais pas à en écrire un moi-même…

Passer de traducteur à nègre, est-ce une promotion quand on aspire à devenir écrivain ?

Suzanne revint avec la glace et une pile de recueils de poèmes de T. S. Eliot, Gertrude Stein et Ezra Pound en version originale.

« Il paraît que vous êtes traducteur, vous allez pouvoir éclaircir quelques doutes. »

Elle aussi lisait l'anglais ? On se demande bien à quoi servent les traducteurs si tout le monde se met à apprendre les langues.

Le Sachem vint à mon secours :

« Monsieur traduit pour la Série Noire.

— Oh ! »

Elle fit la moue.

L'occasion était trop belle de tenter de faire renoncer le Sachem à son projet :

« Je suis d'accord. La Série Noire, c'est très surfait. La plupart des auteurs sont des inconnus dans leur propre pays…

— Les auteurs, ça n'a aucune importance », intervint le Sachem.

J'avais déjà lu cette théorie quelque part.

« Non ?

— Puisque vous les traduisez tous pareil.

— Je vous demande pardon !

— Écoutez, disons les choses : ces romans ne valent rien.

Le réalisme... Pardon ! J'ai connu un monte-en-l'air que la violence rebutait. Sur ses casses, ce délicat n'emportait que des répliques d'armes, pour ne blesser personne. Des répliques parfaites, qu'il faisait lui-même. Le Rodin du faux flingue, ce gars. Eh bien une vieille dame myope l'a descendu d'un coup de fusil de chasse. C'est ça, le réalisme : un bluff qui ne prend pas !

— Papa peut faire de la théorie littéraire pendant des heures. Il n'est jamais aussi disert, sauf quand il passe en revue les détails d'un cambriolage.

— Croyez-moi, le roman noir américain, ce sont des écrivains qui parlent d'un monde dont ils ne connaissent rien à des lecteurs qui en savent encore moins qu'eux. Voilà pourquoi ils n'ont de succès qu'à l'étranger. L'ignorance est la base de votre réalisme ! Quant au béhaviorisme, parlons-en... Les personnages ne réfléchissent pas, ils agissent ? Le fond de la Seine est couvert de types comme ça !

— Pourquoi voulez-vous que la Série Noire vous publie, dans ce cas ?

— De nos jours, en matière criminelle comme en littérature, le savoir-faire français n'a plus la cote. Les gangsters de Chicago louchent sur Paris et Gallimard se fournit outre-Atlantique. Je veux devenir le premier romancier français de la Série Noire. Avec ce que j'ai à vous raconter, le lecteur se rappellera que nos truands n'ont rien à envier à personne. La France a donné Cartouche et Mandrin au monde, oui ou non ?

— Vous êtes patriote ?

— Ça me ferait mal ! Les pays, ça va, ça vient, à chaque

nouvelle guerre il en pousse une demi-douzaine, je ne vois pas très bien ce que je pourrais en avoir à secouer. Par contre, j'aimerais bien que les gangsters d'importation arrêtent de venir nous chier dans les bottes chez nous. »

Il s'interrompit et jeta un regard en coin à sa fille. Elle jouait avec le bichon, l'air de rien. Elle ne devait pas aimer qu'il soit grossier.

« Bref, la concurrence internationale, ça va bien deux minutes. De nos jours, à cause du cinéma, tout le monde ne jure plus que par les mafieux américains. J'aimerais qu'on garde bien à l'esprit qu'ici aussi, on a nos gonzes velus ! »

Il voulait faire concurrence à Hollywood, rien que ça...

« Voilà le deal : moi, je vous raconte des histoires à filer la tremblote à Baby Face Nelson et vous, vous me pondez un best-seller. Banco ? »

C'était de toute évidence une question rhétorique car il sortit sans me laisser le temps de répondre.

« Votre ice-cream va fondre », dit Suzanne.

## SEIZE

Je n'eus droit à aucune explication. Pas de règles, pas de mises en garde, aucune menace. Personne ne prit la peine de m'expliquer quoi que ce soit. Tout se passa le plus naturellement du monde. J'étais un vieil ami en visite, je vécus dans l'intimité de la famille, au gré des chamailleries entre le père et la fille.

L'unique fenêtre de la bibliothèque donnait sur une jolie rive de la Marne. Elle ne s'ouvrait pas. Les volets mi-clos restreignaient mon champ de vision. De temps en temps, passait une barque. En me collant à la vitre, je distinguais des pavillons en meulière.

On devait se trouver à Saint-Maur ou peut-être à Champigny.

Quelquefois, des coups de feu éclataient : c'était Suzanne qui s'entraînait au tir sur la berge.

Chaque matin, le Sachem me rejoignait pour ce qu'il appelait nos séances de travail. Il me racontait sa vie, je prenais des notes.

De temps en temps, il s'interrompait pour déplacer un

livre sur les étagères. Sa pensée était à l'image de sa bibliothèque. La chronologie lui était inconnue. Les anecdotes s'enchaînaient selon des logiques que je renonçai bientôt à comprendre. Je me laissais porter. C'était la tendance naturelle de mon esprit, voilà peut-être la raison pour laquelle nous nous sommes tout de suite entendus. Je le suivais sans poser de questions, d'abord par peur d'une indiscrétion fatale, ayant compris ensuite qu'il reviendrait de lui-même sur les points obscurs.

Il ne me cachait rien. Les types qu'il avait refroidis, les filles qu'il avait mises au turbin, les flics qu'il arrosait. Un tel manque de pudeur m'inquiéta.

Avait-il l'intention de se débarrasser de moi une fois ma tâche accomplie ? Le biographe pouvait devenir au Sachem ce que le comptable fut pour Capone.

Ou peut-être n'avais-je tout simplement pas d'importance à ses yeux. Son monde était fait de truands et de policiers, je n'appartenais à aucune des deux catégories.

Je n'étais qu'un traducteur.

Là encore, il me surprit :

« J'avais fait venir de Londres une gouvernante qui parlait un français impeccable, m'expliqua-t-il un jour. Elle faisait l'interprète entre les filles et les clients étrangers. Si la fille ne comprenait pas ce qu'on attendait d'elle, Miss Jenny joignait l'acte à la parole, pour donner l'exemple. Une conscience professionnelle à toute épreuve !

— Le traducteur est un tapin ?

— Il peut n'être qu'un simple entremetteur, un rabatteur de boulevard. Mais il peut aussi, comme Miss Jenny, avoir l'art de faire passer du poisson pourri pour la pêche du jour et une godiche de province pour la reine de Saba des partouzeuses. »

En l'absence de sa fille, le parler bitumeux du Sachem refleurissait.

« À la Série Noire, vous êtes des placeurs !

— Merci. »

On ne savait jamais s'il était sérieux, avec ses comparaisons mafieuses.

« La Série Noire, c'est la littérature sans auteur. Une arnaque parfaite : le lecteur croit acheter un Hammett ou un Cheney, on lui refile un produit de contrebande meilleur que l'original, et il est content. Hammett et Cheney pourraient bien ne pas exister, ce serait pareil. Leurs textes n'ont pas besoin d'eux. C'est la preuve que la littérature a une vie propre, elle est un courant d'énergie dont les traducteurs sont les meilleurs conducteurs.

— Plus que les auteurs ?

— Un auteur est un traducteur. Il traduit avec des mots des perceptions et des idées. Il montre des choses à ceux qui ne les voient pas, il leur fait comprendre des choses intelligibles pour eux. Tout est mutation, donc tout est toujours traduction. »

S'il avait cherché à me redonner confiance en moi, il ne s'y serait pas pris autrement. À croire qu'il était envoyé par ma femme, lui aussi.

À propos, que devenait-elle, Gisèle ?

Se morfondait-elle en mon absence ou trouvait-elle le réconfort dans les bras du commissaire ?

Aurait-elle le culot de confier à son amant la recherche de son mari ?

Mon enlèvement était arrivé à point nommé pour m'éviter d'avoir à lui demander des comptes, ce que je n'aurais d'ailleurs pas su comment faire.

J'étais tellement habitué à m'en remettre à elle pour tout que même pour douter de sa fidélité il m'aurait fallu lui demander conseil.

À l'idée qu'elle ait pu me cacher ses relations avec son ancien mari, avec ce jeune Américain de pacotille ou avec son patron le commissaire, de quelque nature que soient ces relations, c'est moi que mon esprit traitait de traître et d'ingrat.

Il n'y entrait pas que Gisèle soit autre chose que ce que j'avais toujours cru qu'elle était.

Et pourtant, lorsque je cherchais à me la représenter en ce moment, j'avais des difficultés à imaginer que ma disparition ait bouleversé sa vie quotidienne, ce train-train paisible, librement consenti, de ceux qui ont raccroché les armes.

Je ne l'imaginais pas remuer ciel et terre pour me retrouver mais plutôt, meilleure preuve de son amour, déposer chaque soir à ma place une assiette chaude d'un petit plat longtemps mitonné et reverser dans la bouteille, à la fin d'un repas silencieux, mon verre de vouvray tiédi.

Ses routines ménagères constituaient une barrière contre le chaos du monde et la vie d'action qu'elle avait laissée derrière elle.

Voilà comment mon esprit me la représentait, et cependant, la minute d'après, je l'imaginais tirer les ficelles d'un obscur complot transatlantique impliquant espions, truands et anciens nazis, à la réussite duquel elle n'avait pas hésité à sacrifier son époux légitime.

Je ne savais plus que penser.

Tout était mutation, le Sachem avait raison : la guerre avait brouillé les cartes, ou plutôt révélé au grand jour la nature instable de toute chose sous les apparentes traditions, les coutumes ancestrales, les vieilles certitudes et les identités de toujours.

J'avais réussi à m'y mouvoir jusqu'alors, à m'y adapter même, parce que j'avais chez moi ce point de repère immuable, ce rocher dans la tempête qui facilitait mon destin de bernique.

Gisèle...

Que faisait-elle en ce moment ?

À qui pensait-elle ?

Qu'avait-elle cuisiné pour ce soir ?

Indirectement, c'est le Sachem qui me donna de ses nouvelles.

Il entra un matin, un exemplaire de *J'en parlerai à mon cheval* à la main.

« Tout beau, tout frais !

— Vous l'avez lu ?

— Je vous tire mon chapeau. Le titre de "traducteur" taille petit, dans votre cas. Il faudrait inventer autre chose. Vous êtes le maquilleur d'autos de l'édition ! Et pas le genre à se contenter de changer les plaques. Tout au chalumeau et au pistolet à peinture. Il manque des chapitres entiers !

— Des chapitres ?

— À la casse, les pièces détachées ! »

Évidemment qu'il manquait des chapitres, vu que ceux sur lesquels j'avais travaillé en guettant la mère de Fagne étaient toujours dans la poche de mon veston. Gisèle n'avait pas dû vouloir se donner le mal de les retraduire, à moins que Duhamel n'ait été trop pressé.

« On vous file une Juvaquatre à repeindre, vous rendez un coupé Cadillac avec chromes et ailerons. Chapeau l'artiste ! »

En feuilletant, je remarquai aussi que quelqu'un avait mis la main à la pâte pour tempérer mes envolées lyrico-argotiques.

Gisèle profitant de mon absence pour s'émanciper ou Duhamel marquant son territoire ?

En tout cas, une trahison !

Voler un voleur n'est pas voler, dit le proverbe, mais corriger un traducteur ?

Et mes choix ?

Et mon style ?

Il m'était arrivé de céder aux pressions de Duhamel, mais toujours à l'issue de longues batailles où mes arguments littéraires tombaient un par un sous la mitraille de ses arguments financiers.

Mais là, c'était l'attaque surprise, la trahison, le Pearl Harbor de la traduction !

Ce Duhamel était le Hirohito de l'édition.

À la place de Charles S. Salem, je serais allé me plaindre.

Je confessai :

« Pas très fidèle…

— La fidélité, c'est pour les caves. La littérature pratique l'amour libre.

— Je fais ce qu'on me demande. Duhamel se voit comme un passeur culturel, il attend des traducteurs qu'ils facilitent la compréhension du lecteur.

— Vous n'avez pas à vous excuser. En littérature règne la reprise individuelle. Rien n'est à personne, il n'y a qu'à se servir. Les auteurs ne font pas autre chose : une anecdote par-ci, une réplique par-là, ça fauche tout ce que ça peut. L'écrivain est un cleptomane, il pique sans même s'en rendre compte. Aussi bien le chapardeur de marché aux légumes, le voleur à la tire qui imprime à compte d'auteur, que le gentleman cambrioleur, la bête à Goncourt. Et le plus beau : rien à craindre des perdreaux ! Parlez emprunt, collage et parodie, c'est le non-lieu assuré. Je l'ai toujours dit : le vol, c'est ce qui met en mouvement une société ! »

Il faut admettre qu'il savait convaincre. Je commençais à regarder mes traficotages d'un autre œil. Je n'étais plus un plumitif escroc : la littérature avec un grand L s'exprimait par ma voix !

« Vous devriez écrire un polar. Vous n'avez qu'à piocher dans ce que vous avez traduit. »

En voilà un qui s'entendrait bien avec ma femme.

« Ce n'est pas ma culture, pontifiai-je pour ne pas avouer que je me retrouvais dans cette situation précisément pour avoir essayé.

— Votre culture ? Qu'est-ce que c'est, une culture ? Un héritage familial ? J'ai vu des gars dilapider en un an le patrimoine de générations, rien qu'en champagne et en putes. Après, faut repartir de zéro, une main devant, une main derrière. Pareil pour la culture. Si vous gardez la vôtre sous un matelas, vous risquez la dévaluation. Du jour au lendemain, la chaussette ne contient plus que du papier et des souvenirs. L'étalon-or, connais pas. Non, la culture, c'est comme l'argent, faut que ça circule. On perd et on gagne. Petit à petit, on se reconstitue un pécule, tout est bon à prendre : des pièces ramassées par terre, de la mitraille qu'on nous a refilée, des billets étrangers colorés dont on ignore le taux de change, des jetons de casino, même la fausse monnaie. L'argent au fond des poches, en vrac comme la vie, pour citer Jack London. En matière de culture, le cours de la Bourse est fluctuant, faut anticiper le crack. Si c'est pas votre culture, ça n'a qu'à le devenir... »

Il réfléchit un moment.

« Je vous donne un tuyau : retraduisez vos traductions en anglais et publiez-les sous votre nom. Vous allez faire un carton aux Amériques ! »

Comme toujours, Suzanne était d'un autre avis que son père.

Comme moi, elle croyait en l'auteur.

Le génie artistique, les passions individuelles, la voix poétique embrasaient son imagination romantique.

La querelle des anciens et des modernes se rejouait dans le pavillon du bord de Marne.

Suzanne m'apportait mes repas. Elle en profitait pour me

lire des vers de poètes américains sous prétexte de m'interroger sur leur traduction.

En réalité, elle aimait s'entendre déclamer.

En règle générale, la plupart des gens qui vous demandent conseil ne cherchent qu'à faire étalage de ce qu'ils savent. Une fois qu'on l'a compris, rien de plus facile que d'exploiter leur vanité pour masquer sa propre ignorance.

En répondant à ses questions par d'autres questions, je me donnais des airs socratiques en feignant de l'amener elle-même à la réponse. « L'équivalence absolue n'existe pas », « la langue est en mouvement », « tout dépend du contexte », tels étaient les enseignements de cet Héraclite de la belle infidèle.

Avec « la réponse est en toi », j'atteignis au nirvana bouddhique de l'hypocrisie.

En général, Suzanne n'y voyait que du feu.

Le Sachem devait avoir raison : j'étais un faisan.

# DIX-SEPT

Des affaires du Sachem, je ne savais rien.

En me collant à la vitre, je voyais parfois une berline se garer sous la pergola. Des hommes en pardessus et feutre en descendaient, allumaient une cigarette, entraient. En ressortant, ils n'avaient plus leur attaché-case.

Une fois, deux d'entre eux transportèrent à l'intérieur un lourd tapis roulé.

Une autre fois, en pleine nuit, il me sembla deviner la silhouette d'une vedette amarrée au ponton. Au matin, elle avait disparu.

À plusieurs reprises, je remarquai des Algériens. Ils étaient nombreux à Paris depuis la guerre, venus participer à la reconstruction, et qu'on parquait en remerciement dans les bidonvilles qui commençaient à se développer en banlieue. À la Goutte-d'Or, ils s'étaient taillé un territoire de misère, où la criminalité s'organisait autour de la prostitution de bas étage et du marché noir. Avec la répression des mouvements indépendantistes en Algérie, un nouveau genre d'immigré venait grossir les rangs de la pègre maghrébine, des durs de durs formés à la lutte clandestine, recherchés des deux côtés de la Méditerranée.

Le récent démantèlement de l'Organisation spéciale laissait pas mal de porte-flingues les bras ballants.

Une aubaine pour le Sachem qui, victime de la réorganisation du Milieu, se cherchait de nouveaux alliés.

Il ne s'absentait que rarement, et généralement le soir, conduit par l'Annamite qui le suivait partout comme son ombre, à la fois domestique, chauffeur et homme de main, et répondait au nom de Cong Tam. Non content de m'avoir enlevé, l'Annamite venait aussi deux fois par semaine faire le ménage dans ma chambre, plumeau en main, dans un silence digne des impénétrables mystères de l'Orient.

Après le déjeuner, le Sachem se promenait le long de la rive. Les pavillons du voisinage paraissaient inhabités. Il n'était peut-être pas en cavale mais il n'aurait pas pu choisir meilleure planque.

On m'avait installé un poste de radio. Moi qui ne m'y intéressais guère, je me mis à suivre la marche du monde pour passer le temps entre deux séances de travail.

Les fragments d'information dont je me souviens brossent le portrait d'un pays qui tentait de se reconstruire à l'identique dans un monde qui n'était plus le même, comme un vieux puzzle auquel manquent des pièces et dont personne ne se souvient plus exactement ce qu'il représentait.

À Cherbourg, pour fêter le premier anniversaire du Pacte atlantique, une livraison de 632 tonnes d'armes arrivait à bord de l'American Importer.

Le Conseil de la République discutait d'un projet de loi

sur l'enseignement des dialectes régionaux, qui faisait craindre pour la pureté de la langue française et l'unité nationale, sans parler de la confusion semée dans l'esprit des jeunes élèves.

Les Harlem Globetrotters étaient en tournée en France.

Queneau signait dans la presse la protestation contre le procès de Boris Vian.

Quarante mille paires de bas nylon de contrebande avaient été saisies en mer.

À la surprise générale, Aragon revendiquait l'indépendance de l'écrivain dans son discours d'ouverture de la « bataille du livre » de Paris, à la Grange-aux-Belles : « *Il ne suffit pas que le lecteur soit un ouvrier pour qu'il ait raison. Il est démagogique de prétendre que je dois recevoir tous les conseils de mes lecteurs et m'y conformer* ». Le Parti n'apprécierait pas.

Cent mille étrangers avaient visité Paris durant les fêtes de Pâques.

Le ministre de la Défense nationale Pleven venait d'entériner la création d'un bureau d'Action politique pour lutter contre le péril subversif communiste. La contre-propagande s'appelait désormais protection psychologique.

Un pilote américain avait exécuté 1 874 loopings en cinq heures et quarante-deux minutes.

La rumeur selon laquelle une publicité de Coca-Cola serait déroulée sur la façade de Notre-Dame était démentie par le représentant de la compagnie en France, le prince Alexandre Makinsky, un Russe blanc.

« Un Russe blanc à Coca-Cola ? s'étonna Suzanne, entrée à ce moment précis.

— Drôle de cocktail, si vous voulez mon avis.

— Il faut goûter à tout. »

L'œuvre de Victor Hugo venait de tomber dans le domaine public.

À la convention annuelle de la Société américaine des patrons de presse, le président Truman déclarait « la bataille pour l'esprit des hommes » et lançait une « campagne de vérité » pour contrer la propagande soviétique.

L'académicien Jules Romains, qui présidait le Comité de coordination des fêtes de Paris, promettait le retour « des joies d'autrefois ».

Dans une manifestation à Brest, un militant CGT était abattu d'une balle en pleine tête par les forces de l'ordre.

À Marseille, la grève les dockers cégétistes contre le transport de guerre avait été brisée : les armes pour l'Indochine seraient finalement expédiées.

Le braqueur Colin Cayeux, en cavale depuis le hold-up du fourgon de la banque de Navarre, avait été abattu par la police rue de Montfaucon, où il se planquait.

Par une indiscrétion de Suzanne, je savais qu'il avait été l'exécuteur des basses œuvres du Sachem et que sa mort laissait celui-ci vulnérable. À la description que Suzanne me fit de cet affreux, je devinai qu'il devait n'être pas pour rien dans les crimes de la rue Morgue.

Et puis, un matin, en ouvrant mes rideaux, je repérai Alfons caché dans un fourré de l'autre côté de la rivière.

Il y resta toute la matinée, à surveiller le pavillon, sans

remarquer les grands signes que je lui faisais depuis la fenêtre aux volets mi-clos.

Un peu avant midi, Suzanne sortit s'exercer au tir et Alfons se plaqua au sol comme si l'aviation franquiste bombardait.

À la fin de la séance, alors qu'il se relevait, deux gros bras lui tombèrent dessus. La bagarre fut de courte durée. Inanimé, Alfons fut jeté au fond d'une barque que le domestique annamite ramena à la rame et transporté dans la maison.

Mon sang ne fit qu'un tour.

Venu me sauver, ce brave Alfons avait désormais besoin de mon aide !

La serrure céda à la deuxième poussée. On n'avait visiblement pas prévu que je cherche à m'évader.

Des portraits de famille ornaient les murs du couloir, tableaux ou photos, uniquement des femmes. La moquette favorisait mes desseins. Je progressai comme Ali Baba dans la caverne des quarante voleurs, m'attendant à trouver un porte-flingue embusqué dans chaque encadrement de porte, mais le calme régnait dans cette maison cossue, au confort traditionnel, où rien de clinquant ne trahissait son truand.

L'escalier descendait dans un grand hall. Un tas de pardessus et de chapeaux s'empilaient sur un portemanteau, derrière lequel je me cachai lorsqu'une porte s'ouvrit sur l'Annamite. Sans me voir, il rangea dans un tiroir du vaisselier le pistolet qu'il cachait dans son dos et l'échangea contre un plateau couvert de coupes de champagne qui l'attendait sur la desserte.

Il l'emporta dans une autre pièce dont il ressortit quelques minutes plus tard, son plateau vide.

Entre-temps, j'avais pu récupérer le pistolet. Ne restait qu'à trouver ce que j'allais en faire…

De toute évidence, Alfons devait se trouver du côté de la maison d'où était arrivé l'Annamite, mais il se passait quelque chose dans la pièce où celui-ci avait servi le champagne. Pour justifier ma curiosité, je me persuadai qu'Alfons resterait probablement inconscient quelques minutes encore, le temps que j'y jette un coup d'œil.

La porte donnait sur une antichambre où un buffet avait été dressé. Il y avait là des mignardises dans le genre délices du lotus et sept saveurs de l'Orient dont je n'aurais même pas su comment m'y prendre pour les manger.

Même pour ça, les codes me manquaient.

De derrière une autre porte parvenaient des discussions. Je m'agenouillai pour épier par la serrure.

Une dizaine d'hommes étaient assis dans un salon, dans des fauteuils, sur des chaises, adossés à des meubles. J'en devinai d'autres hors de mon champ de vision. La plupart étaient de jeunes Asiatiques bien mis.

Le Sachem se tenait un peu en retrait, accoudé à un manteau de cheminée sur lequel trônaient deux gros volumes d'un livre intitulé *Yi King*.

Le plus âgé des Asiatiques, chemise sans col, lunettes sur le nez, s'était levé pour parler. Il s'exprimait d'une voix posée, dans un français soigné :

«… et il est important de nous appuyer sur le soutien des intellectuels catholiques à Henri Martin pour en faire un symbole universel de l'opposition à la guerre, tout en laissant planer le doute sur son affiliation au parti communiste. Il importe de montrer que c'est le peuple français qui rejette le colonialisme, quelles que soient ses opinions. Quant à Raymonde Dien, son procès s'ouvrira le mois prochain, nous devons en souligner la dimension politique, et parce que c'est une femme, notre devoir est de… »

Henri Martin et Raymonde Dien avaient été arrêtés le mois dernier, lui pour avoir distribué des tracts contre la guerre à Toulon, elle pour s'être couchée devant un convoi de blindés à destination de l'Indochine, avec la circonstance aggravante de porter un pantalon. L'affaire faisait du bruit, difficile d'y échapper, même pour moi dans ma tour d'ivoire. Plus d'une fois, j'avais entendu fredonner ce refrain dans la rue : « Henri Martin et Raymonde Dien n'veulent pas qu'on tue des Vietnamiens »…

Ayant terminé, le vieil homme se rassit et le Sachem dit :

« La parole est à M. Chi, de l'Association culturelle des Vietnamiens de France. »

Un jeune homme en costume rayé se leva.

Je l'imitai.

Moi qui m'étais attendu à tomber sur la réunion annuelle de l'amicale laïque de la pègre de Paris, j'étais rassuré de ce côté-là.

Je repartis sans m'intéresser aux mystérieuses baguettes de bois alignées sur la crédence, traversai prudemment le hall et c'est lorsque je mis l'oreille à la porte que les cris me parvinrent.

Des cris étouffés, sourds, à peine des vibrations dans les

murs, comme provenant des fondations de la maison. Peut-être d'une cave qui faisait office de cellule. Plusieurs portes m'en séparaient.

L'automatique à la main, j'entrai.

Un couloir.

De nouvelles portes.

Impossible de savoir d'où venaient les cris.

La première donnait sur une salle de musique. De l'autre côté du piano à queue, une autre porte que j'allais ouvrir au moment où une voix aigrelette retentit dans mon dos :

« *Hands up* ! »

Les romanciers que Gisèle et moi traduisions abusaient suffisamment de ce genre de situation pour que je comprenne. Je levai les mains en l'air.

« *Drop your gun* ! »

C'était plus difficile, mais je comprenais *gun*, la guerre m'avait au moins appris cela. Je jetai mon arme sur la moquette et me préparai au pire.

« "*These violent delights have violent ends.*"

— Plaît-il ? »

J'avais déjà entendu ça quelque part.

« "*For never was a story of more woe than this of Juliet and her Romeo.*"

— Shakespeare ?

— *Boogie Woogie Bugle Boy.*

— Les Andrews Sisters ? »

Je me retournai. Loulou, le perroquet de Suzanne, me dévisageait d'un air réprobateur.

Je récupérai le pistolet.

Il me semblait que les cris redoublaient mais ce n'était peut-être qu'une illusion. Un fumoir, un couloir, une salle à manger et une cuisine plus loin, je m'en étais rapproché. Il me fallut longtemps avant de me résoudre à entrouvrir une porte que j'imaginais être celle du cellier, mais, une fois que je fus enfin prêt, les cris avaient cessé.

C'est alors que Suzanne entra dans la cuisine.

Elle sursauta en me voyant :

« Oh ! C'est vous ? Vous m'avez fait peur. »

J'avais à peine eu le temps de cacher l'arme dans mon dos.

« Qu'est-ce que vous faites ici ? Papa ne serait pas content. »

L'idée n'avait pas l'air de lui déplaire, pas tant pour le plaisir de ma compagnie que pour celui de contrarier son géniteur.

« J'avais besoin d'un verre d'eau, improvisai-je. Personne ne répondait à mes coups de sonnette.

— Papa organise une petite sauterie, ce soir. Pas vraiment une surboum, mais vous tombez en plein coup de feu. Moi, il y a une heure que je réclame une tasse de thé à grands cris. »

Elle avait de ces expressions...

« Venez, je vais vous raccompagner. »

Je la suivis docilement, mon verre d'eau à la main, le pistolet à la ceinture.

« C'est vrai que ça ne doit pas être drôle de rester dans cette chambre. Moi, je ne peux pas sortir de la maison. Les histoires de papa... Mais vous savez, au fond, il n'est pas plus libre que nous. »

C'était touchant.

Comme j'observais les portraits du couloir en passant, Suzanne crut nécessaire d'expliquer :

« Sa mère, ses sœurs, maman et moi.

— Aucun homme ?

— Papa n'a pas connu son père. Il dit qu'il est un bâtard. Je n'aime pas ce mot.

— Pourtant, c'est notre lot à tous. Nous sommes tous des bâtards d'une façon ou d'une autre. Tout est mélange. Rien n'est pur, ni les races, ni les textes, et surtout pas les langues.

— La bâtardise de toutes choses. Encore une expression à lui. Vous vous êtes bien trouvés. Pas étonnant qu'il vous ait à la bonne. »

C'était plutôt une bonne nouvelle.

Et comme elles ne viennent jamais seules, je vis un peu plus tard les deux gros bras reconduire Alfons au bout du ponton et le balancer à l'eau.

Il barbota tant bien que mal jusqu'à l'autre rive et s'éloigna en boitant bas, le visage en sang et le bras en écharpe, mais suffisamment vivant pour donner l'alerte.

## DIX-HUIT

Quelques jours plus tard, la cavalerie n'était toujours pas arrivée et j'étais à me demander ce que fichait Alfons lorsque le Sachem entra, l'air furieux, une revue roulée dans la main. Il alla directement allumer le poste de radio et chercha une station.

« Écoutez. »

Une voix nasillarde parlait de Nijinski, le danseur étoile qui venait de s'éteindre à Londres.

« Vous reconnaissez ?

— Fagne ?

— Sur La voix de l'Amérique. Tout est expliqué là-dedans. »

Il me lança la revue.

« *Rapports France-États-Unis* ?

— Éditée à l'ambassade pour améliorer la compréhension mutuelle de nos deux peuples. En bon français : de la propagande. »

Truman faisait la une. Je feuilletai : un article sur les

touristes américains à Paris, une visite des phares et balises de Bretagne, les exportations de Renault...

C'était agréable à lire, factuel, bien illustré.

Le Sachem s'impatienta :

« Je vais vous faire un résumé, on gagnera du temps. Pour la faire courte, notre ami Ariel Fagne a soi-disant mis ses talents au service de la liberté. La nouvelle de sa mort n'aurait été que de la propagande soviétique. Après avoir fui, il aurait été capturé par l'Armée rouge. Vu la description qu'il en fait, on croirait plutôt qu'il était entre les mains d'Attila lui-même. Et le meilleur, tenez-vous bien : Fagne n'aurait collaboré avec les nazis que pour mieux les espionner au service des Alliés !

— Un agent double ?

— Vous en faites un beau, d'agent double ! Et même triple ! Un traducteur, ça fait cocues deux langues. Vous, vous réussissez à trahir l'anglais, le français et l'argot. Vous êtes le Mata-Hari des langues vivantes ! »

En réalité, le seul cocu, c'était lui. Un autre jouissait à sa place de la plume de son biographe, et pas n'importe qui : le Département d'État américain. Fagne s'encanaillait dans le lit du plan Marshall. Il y avait de quoi être jaloux.

Le Sachem était colère, je laissai dire.

À la radio, Fagne annonçait la tenue d'un Congrès international pour la liberté de la culture à Berlin, dans deux mois, dans le but de répliquer au Conseil mondial de la paix, tenu par les communistes à Paris un an plus tôt.

Liberté contre paix : la bataille des concepts faisait rage.

« Et c'est faux, tout ça ?

— Fagne, c'est moi qui l'ai planqué dans un bordel de Riga à l'arrivée de l'Armée rouge. Je peux vous dire qu'on fait plus sévère, dans le genre goulag. Les Allemands, reconnaissant le savoir-faire à la française, m'avaient confié la direction de plusieurs maisons dans les territoires annexés au Reich, et les cocos n'ont pas trouvé à redire. Quand on fait dans la qualité, ça met tout le monde d'accord. Fagne a passé tout l'après-guerre au chaud, dans la fanfreluche. Ça, il a sacrément pioché, mais pas dans les mines de sel. C'est vrai qu'il lui est arrivé de faire des infidélités aux dames. Le genre polyvalent, comme dit ma fille. À force de rester enfermé, on ne sait plus comment s'occuper. Agent double, mon œil ! agent bi, oui…

— Alors ?

— Alors quoi ? Les Américains l'auront enrôlé dans leur croisade. C'est recherché, un cursus comme le sien. Défense de la culture occidentale, voilà le genre de compétence qu'on valorise de nos jours. Les excès d'enthousiasme génocidaire du passé, c'est oublié. Quand on aime… C'est comme les Allemands, ils ont la cote outre-Atlantique. Combattre les bolchéviques, ils savent y faire, question d'expérience. À chaque nation ses petites spécialités. Nous, c'était les bordels… »

Fagne avait cessé de parler. La radio passait du jazz. Le Sachem l'éteignit.

« Et merde !

— Vous croyez qu'ils lui forcent la main ?

— Un boniment pareil, *made in* Département d'État, c'est la grâce présidentielle assurée. Pour peu qu'en plus on lui ait promis l'*american way of life* pour lui et sa dabesse, avec Frigidaire et grille-pain dans un patelin du Midwest, je comprends que mes Mémoires n'aient pas pesé lourd dans la balance... »

Je comprenais aussi.

Romancier mondain à Paris, collabo à Berlin, *cold warrior* à Oklahoma City : les traductions d'un même homme.

Les temps changent, les gens aussi. L'histoire recycle, comme la littérature. Le Sachem avait toute une théorie là-dessus : ce n'est pas lui qui allait reprocher à Fagne de s'adapter aux circonstances.

N'empêche, il avait l'air inquiet.

Je le voyais rarement, nos séances de travail s'espaçaient.

« Il a des ennuis professionnels », se contenta de m'expliquer Suzanne.

La mort de son porte-flingue ?

La guerre des gangs ?

La situation indochinoise ?

Il y a des métiers où l'expression prend un tout autre sens. Dans la partie du Sachem, le service contentieux règle les litiges à la dynamite, on n'arrive aux prud'hommes que les pieds devant.

Suzanne, par contre, recherchait ma compagnie.

Depuis l'épisode de la cuisine, nous partagions un petit secret, sans compter que j'avais, en comparaison du serviteur annamite et des gardes du corps, ses seules fréquentations à l'exception du loquace Loulou et de Prince, son bichon, dont elle prononçait le nom à l'anglaise, l'attrait de la nouveauté et le goût de l'interdit.

Moi qui, par élitisme et paresse intellectuelle, n'avais jamais regardé la nouveauté d'un bon œil, je feignais de me passionner pour les œuvres de la génération perdue et les disques de jazz qu'elle me prêtait, dans le seul but de me consigner ses bonnes grâces, car sa compagnie flattait mon ego et réveillait en moi des souvenirs de jeunesse et des désirs en sommeil.

Mais il y avait autre chose.

Par ma fenêtre, le soir de cette discussion avec son père, je l'avais vue faire le mur à la nuit tombée. En robe légère, les chaussures nouées autour du cou, elle s'était laissée glisser le long d'un lierre, du côté de la maison où les gardes ne s'attendaient pas à une attaque, pour rejoindre un coupé qui l'attendait plus loin sur la berge, tous feux éteints.

La scène se reproduisit. Le coupé la ramenait toujours un peu avant l'aube et elle regagnait sa chambre par le même chemin.

À mon tour, j'avais un moyen de pression sur elle, que je comptais bien mettre à profit à la première occasion.

Occasion qui ne se fit pas attendre, mais pas comme je l'avais prévu, et, comme toujours, à mon corps défendant.

## DIX-NEUF

Ce jour-là, j'avais fini par trouver le courage d'interroger le Sachem au sujet du manuscrit de Villon, que je ne trouvais nulle part dans la bibliothèque. De fait, je ne trouvais aucun des trésors de bibliophile que Maillet prétendait volés pendant l'Occupation.

« Il a fallu montrer patte blanche à la Libération, m'expliqua-t-il sans avoir l'air de se formaliser le moins du monde d'unc question que j'avais hésité des semaines à poser.

— Vous les avez rendus à leurs propriétaires ?

— Dans les rares cas où le propriétaire avait survécu. Le reste a fini dans des musées pour prix de l'indulgence des juges. Du mécénat bien employé, si vous voulez mon avis.

— Le Villon aussi ?

— C'était une copie.

— Arthur Geiger l'a authentifié ! »

Je remarquai enfin une lucur de surprise dans ses yeux. Les années de tables de jeu lui avaient appris à cacher ses sentiments. Il donnait l'impression d'un homme tout d'une pièce, incapable d'arrière-pensées, qui ne s'offusquait jamais de rien. Ceux qui avaient percé sa véritable nature à jour n'étaient plus de ce monde pour le raconter.

« Geiger ne reconnaîtrait pas la bible de Gutenberg s'il l'avait sous les yeux.

— Qu'est-ce que vous en avez fait ?

— D'Arthur Geiger ?

— Du manuscrit.

— Je l'ai vendu.

— Un faux ?

— Un faux diamant peut rapporter autant qu'un vrai si on sait à qui le fourguer. L'authenticité, ça n'existe que dans la tête de l'acheteur. Réfléchissez-y, ça vaut aussi pour vos traductions. Et puis, il y a de la logique à le laisser en circulation.

— Ah ?

— Villon, est-ce que c'est autre chose que des faux-semblants ? Parce qu'on dit Villon, mais qu'est-ce que c'est que Villon ? L'étudiant bagarreur ? Le poète voyou ? Prenez les *Ballades en jargon*. Clément Marot, qui n'y entravait que dalle, en a laissé l'interprétation aux « successeurs de Villon dans l'art de la pinse et du croq ». Trop aimable ! Marcel Schwob fait de Villon un membre honoraire de la bande des coquillards, et lit dans ses ballades des conseils de prudence à ses complices de la truande, le genre : mollo sur les cuivres et méfiez-vous de la mort. Notez bien que Regnier et Colin ont déjà été pendus quand il écrit. Merci de prévenir ses amis… Et voilà que les pégriots d'aujourd'hui allument leur cierge à François de Montcorbier, patron des monte-en-l'air, le saint à la pince-monseigneur. Mais puisqu'on parle de cierge… Il y en a qui ont d'autres interprétations. Le saint-arquin, ce serait plutôt l'arc bien bandé, si vous voyez ce que je veux dire, source de divins plaisirs à l'amateur de flèches dans le mille. Et les conseils de maître François serviraient moins à éviter le gibet que de s'en faire mettre plein la coquille par mégarde dans une partouze de coquins. Moi, j'en sais rien, je répète. Mais avouez que ce serait quand même cossu que nos caïds en mal de modèles culturels imitent sans le savoir une bande de pédocs moyenâgeux, pas vrai ?

— Des textes homosexuels ?

— C'est une lecture parmi d'autres, preuve que tout est interprétation. Votre Villon, vous pouvez l'imaginer déclamer ses dernières volontés sur la potence ou jouer à touche-pipi dans une auberge pour garçons. Vous vous rendez compte ? Si ça se donne, la pègre de mon temps devait tout à une mauvaise traduction. Un faisan de génie – je ne vise personne – s'improvise maître jargonneur et tout le monde suit. Après tout, on ne comprend le jar que quand on a mené les oies, comme on dit. La vérité, c'est que, depuis tout ce temps, nos gonzes velus vivent dans une mauvaise traduction, pas dans la réalité. Et voici venir désormais le temps des gangsters à l'américaine : une autre version, passée au tamis d'Hollywood. Car ce ne sont pas les mafieux de Chicago qu'imitent nos petites frappes modernes, c'est l'image qu'en ont donnée des producteurs millionnaires et des réalisateurs aux prétentions artistiques, le tout doublé en français à la va-comme-je-te-pousse. D'ici quelques années, les fils de bonne famille en feront une mode de la même façon qu'ils ont joué les apaches de salon, les malfrats imiteront au contraire les bourgeois, et plus personne ne saura vraiment qui copie qui. Tout ça, ce sont des modèles en constante évolution. C'est bien de notre temps, remarquez. La France, c'est pareil : une traduction actualisée d'un vieux texte sans cesse remis au goût du jour, en fonction des idées qui changent, et dont personne ne comprend plus le sens premier. On déchiffre, on réinterprète, on cherche à retrouver l'original sous les réécritures plutôt que d'accepter que rien de tel n'a jamais existé. C'est comme un parchemin gratté et plusieurs fois réutilisé. La France est un palimpseste, un empilement de textes qui se superposent jusqu'à en devenir illisibles. Dans ces cas-là, il faut effacer encore, accepter que le sens se trouve non pas en dessous ou derrière, mais bien dans ce méli-mélo de lettres éparses, de signes à demi gommés, ces vestiges de phrases, ces annotations anonymes, ces signatures estompées. Et si le parchemin est trop usé pour réécrire quelque chose de cohérent, on le jette et on en prend un autre ! »

Il me fascinait.

Rien n'existait de certain ou de durable pour lui.

Tout ce à quoi d'autres se raccrochent pour définir qui ils sont et justifier ce qu'ils font, il en niait jusqu'à l'existence.

Il se délectait de l'impermanence des choses.

Pas de père, pas de foyer, une vie sur la corde raide, un destin en cavale : il se méfiait de toute forme de stabilité.

D'où sa passion pour la littérature, mirage par excellence.

« J'ai lu une étude psychiatrique sur Villon, récemment, poursuivit-il. Le praticien qui l'écrit juge le poète versatile, dépressif, anxieux, hypocondriaque, avec propension masochiste, culte du moi, sentiment d'infériorité et psychose mélancolique.

— Il parle de son cor au pied ?

— Il diagnostique plutôt une affection surrénale dont j'ai oublié le nom. Est-ce qu'on peut vraiment déduire tout ça d'une poignée de vers ?

— Ça et son contraire... Partons du principe que l'écrivain ne dit jamais la vérité sur lui-même. Il y a les circonstances et des intentions qu'on ne connaît pas toujours. Villon écrivait sans doute pour se disculper des accusations portées contre lui ou pour justifier ses écarts. Pas étonnant qu'il joue les victimes. Il se montre tel qu'il voudrait qu'on le voie. Tous les écrivains font ça. Un texte est un masque qu'on présente au lecteur pour de bonnes raisons. Si quelqu'un est capable de voir au-delà, alors peut-être...

— Mais la personnalité, ça va et ça vient. Ça se saurait si on était le même tous les jours. Alors déduire une vie entière de quelques poèmes... Est-ce qu'on sait quand il les a écrits ? Moi non plus, je faisais pas le fier en cabane, j'ai eu des moments pas marrants. On serait anxieux à moins. Et puis on remet un coup de collier et ça repart ! On dit : l'œuvre c'est l'homme, comme si l'homme était une chose très cohérente et qui ne change pas. Est-ce qu'on n'a pas le droit de changer, quand on est écrivain ou voyou ? »

Le caïd était-il, sur ses vieux jours, en mal d'absolution ?

« C'est comme la traduction, intervins-je. La langue évolue, le monde aussi. Traduire c'est rendre compte du temps qui passe.

— Au fond, c'est toujours la même chose : de l'eau qu'on tente en vain de retenir entre ses doigts.

— "On ne se baigne jamais dans le même fleuve" ?

— Même ça…

— Il n'y a donc rien qui échappe au changement ?

— Le changement. »

Quand Suzanne me porta mon déjeuner, j'écoutais un microsillon qu'elle avait fait venir des États-Unis. La pauvre n'avait personne d'autre que moi pour partager sa passion du jazz. Selon elle, son père ne tolérait que le classique New Orleans. Pour ce que je commençais à connaître de ses théories, j'imaginais mal le Sachem jouer les gardiens du temple. Je l'entendais d'ici : tout est en tout et l'art n'est que filiation. Mais, littérature ou jazz, le conflit de générations trouve toujours à s'exprimer, sans doute parce que sa dialectique est féconde.

Avec moi, pas de risque : en matière de jazz, j'aimais tout parce que je ne connaissais rien.

Selon ma méthode habituelle de suivre le mouvement, nous tressâmes les louanges de Dizzy Gillespie, dont je ne connaissais que le nom. Telle était la passion de Suzanne que je fus contraint d'abandonner ma passivité habituelle pour déclarer ma flamme au trompettiste :

« J'adore Gillespie, dis-je sur le même ton que j'avais affirmé aimer l'Amérique au Ricain. Je crois que c'est mon jazzman préféré !

— Ça alors ! Vous savez qu'il joue demain soir au Vaudou ? Non, vous ne pouvez pas savoir… »

Je pris l'air de chien battu que je prenais avec Gisèle pour lui faire accepter mes choix de traduction fantaisistes.

« Moi qui ai toujours rêvé de l'écouter... »

Le lendemain, au petit-déjeuner, elle tourna autour du pot :

« Vous savez, rater Gillespie, pour un amateur, c'est bien dommage... »

J'entrai dans son jeu, ma grande spécialité :

« Toute une vie à l'attendre, et me voilà coincé juste le jour où... C'est pas de chance !

— Et si je trouvais un moyen de vous y emmener, vous promettriez de ne pas vous échapper ?

— M'échapper ? Pourquoi ferais-je une chose pareille ?

— Et de ne rien dire à papa ?

— Juré ! »

Ce fut aussi simple que cela. Le soir même, elle me faisait passer dans sa chambre : la fenêtre, le lierre, la berge, et le coupé où nous attendaient Jean, André et Simone, trois jeunes gens de son âge. En passant près d'un tas de boîtes de conserve trouées, elle avait pris le temps de murmurer :

« C'est ici que je m'exerce au tir. Je suis douée, vous savez. »

Je compris le message : elle avait une arme et n'hésiterait pas à s'en servir, pas question de se faire priver de dessert par papa pour avoir perdu son biographe.

Moi aussi, j'étais armé. Au dernier moment, j'avais pensé à prendre le pistolet de l'Annamite dans le pot de fleurs où je l'avais caché. On se demande bien ce qui avait pu me passer par la tête...

Jean conduisit à toute vitesse jusqu'à Saint-Germain-des-Prés. Nous avions traversé le bois de Vincennes sans passer la Marne, confirmation que nous venions de Saint-Maur. Dans l'autoradio s'époumonait un crooner et une bouteille de whisky circulait. Les jeunes riaient sans faire attention à moi. Je fumais. Il m'aurait suffi d'ouvrir la portière et de descendre en marche pour retrouver la liberté.

Pourquoi ne pas l'avoir fait ?

Le whisky ?

Suzanne serrée contre moi sur la banquette ?

Toute cette jeunesse et toute cette joie ?

J'avais peut-être commencé à m'éloigner de mon monde habituel, ma réalité ne me semblait plus aussi réelle, le retour à la normale m'effrayait.

J'étais le traducteur qui ne voulait plus traduire.

Être un personnage me plaisait.

Et pourtant, dans cet entre-deux, j'étais plus traducteur que jamais.

Une table nous attendait dans la cave bondée du club Vaudou. Ça parlait fort sous les vieilles voûtes enfumées. Le gin succéda au whisky. Un groupe jouait sur la petite estrade, des couples dansaient tant bien que mal entre les tables, les murs transpiraient.

Dans la foule, je reconnus Jean Cotard, un pilier de comptoir du Grand Godet, ainsi qu'un voyou qui fréquentait le Père Colombe. Plus loin, Boris Vian discutait avec Jean Meckert, qui venait de traduire un roman de John Amila pour la Série Noire. Vian, je l'avais déjà croisé chez Gallimard, mais je désapprouvais ses mystifications qui desservaient la cause littéraire et nuisaient à la respectabilité des traducteurs.

À ce terme, le Sachem m'aurait sans doute ri au nez, non seulement à cause de mes propres traficotages, mais aussi parce que la respectabilité en art n'a jamais rien produit de bon.

Le procès de Vian venait de s'achever par sa condamnation pour outrage aux bonnes mœurs.

Au moins avait-il coupé à l'accusation d'homicide par procuration, charge retenue après qu'un exemplaire annoté de son roman avait été retrouvé près du cadavre d'une femme assassinée. Les juges aussi croient au pouvoir des livres, c'est rassurant. Vian avait dû bricoler à la hâte un faux original en anglais de *J'irai cracher sur vos tombes* pour prouver qu'il n'en était pas l'auteur mais seulement le traducteur.

C'était à y perdre son latin.

Voilà le genre d'engrenage que mettent en marche les supercheries.

J'en étais la preuve vivante.

« Il faut que j'aille au petit coin, prétextai-je pour m'éclipser.

— Où ?

— Au *water closet*.

— Ah ! »

Les jeunes n'avaient pas l'air de s'en soucier.

J'aurais pu leur fausser compagnie mais le Sachem l'aurait reproché à sa fille et je m'en serais voulu. Sans compter que je m'amusais bien, pour une fois. Il y avait tout le temps. La nuit était à nous...

Je trouvai la cabine téléphonique :

« M. Real, s'il vous plaît.

— Vous avez vu l'heure ?

— Excusez-moi, je dois lui remettre une grosse somme d'argent, c'est urgent. »

La concierge monta les étages plus vite qu'un autre les eût descendus, comme dit le vieil Hugo de Quasimodo à Notre-Dame. Moins de quatre minutes plus tard, le détective était à l'appareil.

« Real, pas trop de casse ?

— Comment ?

— Je les ai vus vous jeter à l'eau la semaine dernière. Ne vous en faites pas : on ne se baigne jamais deux fois dans le même fleuve !

— Vous étiez là ?

— Si j'étais là ? Évidemment. Vous ne veniez pas me libérer ?

— Pas exactement. Je recherchais une jeune fille pour le compte de son petit ami. Encore une histoire de cocus, si vous voulez mon avis. L'amant n'est pas commode, il m'a fait tabasser par ses copains dans la cave.

— C'était son père, pas son amant.

— Son père ?

— Le Sachem.

— Le truand ?

— Vous l'avez échappé belle. Il est comment, votre client ? »

Alfons me fit un portrait qui correspondait à Jean. Après

sa disparition soudaine de l'appartement au-dessus du Saint-François, sans nouvelles de sa petite amie en résidence surveillée, le jeune homme avait engagé un détective pour la retrouver. Croyant à une affaire de jupons, Alfons avait conduit les amis de Suzanne au pavillon où son père la cachait en attendant que se calme la guerre des gangs.

De la plus inattendue des façons, c'était bien au détective que je devais ma libération, bien qu'il n'en ait rien su.

« Par contre, j'ai suivi Maillet. »

Voilà qui m'était complètement sorti de la tête.

« Et ?

— Le premier soir, il a passé plusieurs heures caché dans un fourré sous la fenêtre d'un pavillon de Passy pour attraper en flagrant délit un voleur qui partait avec l'argenterie. Le lendemain, il est revenu se cacher au même endroit en attendant que le mari s'absente, et c'est lui qui est sorti par la fenêtre à son retour.

— Voilà qui n'a pas dû vous changer.

— Le lendemain, il s'est introduit chez une marquise déguisé en bonne sœur pour tromper la domesticité. Il n'est reparti qu'au petit matin.

— C'est rassurant... Vous n'avez rien de plus intéressant à me raconter ?

— C'est qu'il fréquente beaucoup les dames, même les professionnelles.

— Professionnellement ?

— Il en exploite deux ou trois directement, les autres achètent sa tolérance, parfois en nature. Les patrons de bordels clandestins payent pour sa protection. Mais il a aussi posé beaucoup de questions.

— À propos de ?

— Il cherche quelqu'un. Il est allé plusieurs fois dans une maison de Pigalle…

— Le Saint-François ?

— Vous connaissez ?

— De l'extérieur. Il y a eu une fusillade récemment, pas étonnant qu'il s'y intéresse.

— Il a aussi planqué plusieurs fois devant un local de la Goutte-d'Or. Il y a eu beaucoup d'allées et venues mais pas d'intervention. On dirait qu'il attend quelque chose. Ah, et puis c'est lui qui a descendu Colin Cayeux. Il paraît qu'ils lui ont tendu une embuscade, Maillet l'a abattu de sang-froid.

— Colin Cayeux, le Saint-François… On dirait qu'il en a après le Sachem. Il ne vous a pas repéré ?

— Et vous, vous faites beaucoup de contresens ? »

J'avais piqué son orgueil professionnel au vif.

« Et ma femme ? demandai-je pour faire amende honorable.

— Elle va bien. Je l'ai croisée au marché.

— Ce n'est pas ce que je voulais dire. Est-ce que Maillet l'a vue ?

— Pas que je sache.

— C'est déjà ça. Elle vous a dit quelque chose ?

— Alors comme ça on découche ? Faites attention, elle m'a peut-être engagé pour vous retrouver.

— Elle croit que je suis parti avec une autre ?

— Je ne sais pas mais elle a essayé de me tirer les vers du nez. Elle sait s'y prendre. C'est plutôt avec elle que je devrais m'associer.

— Vous ne lui avez quand même pas parlé de Maillet ?

— Secret professionnel !

— Real, vous avez une voiture ?

— Un Vélosolex.

— Vous pouvez venir me chercher ? Je vais avoir besoin de renfort. »

Je raccrochai après lui avoir donné l'adresse du Vaudou et revins m'asseoir au moment où Gillespie montait sur scène.

Il jouait d'une sorte de trompette coudée en gonflant beaucoup les joues.

C'était intéressant.

L'assistance avait l'air d'adorer. Les hommes battaient le rythme sur leur verre et les filles tourbillonnaient dans les bras des danseurs noirs en irisant des arcs-en-ciel de sueur.

Suzanne gigotait sur sa chaise en marquant avec son doigt une mesure imaginaire, l'air concentré de qui déchiffre une langue morte. Les autres étaient partis danser.

« Vous avez entendu ?

— Quoi ?

— Cette note.

— Eh bien ?

— Tout est là ! »

Je m'efforçai de prêter attention. Des notes, il y en avait beaucoup. On ne comprenait pas toujours comment elles s'enchaînaient. Ça paraissait très répétitif, et puis quelque chose changeait, les mouvements revenaient en évoluant presque imperceptiblement, le morceau se construisait par permutation. D'autres fois, on avait du mal à courir derrière les notes qui s'enfuyaient à toute vitesse.

Je me demandai s'il improvisait.

Je me demandai s'il racontait quelque chose.

Je me demandai si le Sachem n'aurait pas aimé lui aussi cette musique en constante recomposition.

Je me surpris à taper du pied sous la table.

Suzanne posa sa main sur mon bras.

Je posai ma main sur sa main.

Nous nous sourîmes.

Et soudain, deux hommes s'assirent à notre table.

« Cigarette ? »

Mon voyou du Père Colombe était allé chercher Jo le Chanceux.

« Où t'étais passé ? commença le braqueur. On t'a cherché partout. Tu nous en veux pas du petit canular, dis ?

— Il n'y a pas mort d'homme.

— Pas encore… Mais laisse-moi te dire que j'en ai pas fini avec le Sachem. S'il se trouve un nouveau biographe, je vais pas le louper. Dis donc, dis voir à ta poule de décarrer, histoire qu'on discute affaires entre gonzes. »

Suzanne s'était raidie en entendant parler de son père. Un mot de sa part, et nous étions perdus. Mais elle comprit immédiatement la situation et s'accrocha à mon bras.

« On se quitte pas, lui et moi. »

Jo m'interrogea du regard. J'écartai les mains comme pour dire : ce que femme veut…

Pas sûr que le dicton soit à la mode dans la pègre.

Jo haussa les épaules.

Il agita devant mon nez sa bouteille de Coca-Cola :

« Toujours pas ? »

Je fis non de la tête :

« J'ai entendu une histoire à propos d'un ouvrier dans leur usine de Denver…

— Ah ?

— Il est tombé dans une cuve. Personne ne s'en est aperçu et, deux jours plus tard, on a retrouvé son squelette tout propre. Tout avait été dissous, sauf les os. »

Jo regarda son ventre, comme s'il s'attendait à y voir un grand trou.

« On dirait que mon estomac est toujours là.

— Ce n'est pas ce que je voulais dire.

— Non ?

— Votre bouteille, là : elle vient peut-être de l'usine de Denver… »

Jo regarda à nouveau son ventre, puis sa bouteille, et enfin moi, avant de sourire de toutes ses dents.

« J'ai toujours su qu'il y avait de l'Américain en moi ! »

Il éclata de rire, après quoi il descendit la bouteille d'un trait.

« Écoute, dit-il à voix basse, redevenu subitement sérieux. On a besoin que tu nous rendes un autre petit service. Cette fois, pas d'entourloupe. Je te promets pas un contrat de travail mais t'en seras pas pour tes frais.

— J'écoute.

— Deux types sont arrivés de New York. Moi, niveau langues étrangères, je parle couramment le belge et le suisse, si tu vois ce que je veux dire. Et mes potes, sortis du corse… Alors, on aurait besoin d'un interprète. »

Cette fois, c'est moi qui me raidis.

« J'aime bien ce mec, dit Jo en désignant Vian. J'ai lu un de ses romans, une fois, mais je l'ai perdu. Dommage, j'avais pris plein de notes… »

Je le regardai horrifié.

« Vous avez entendu ce riff ? Ce mec est l'as des soufflants ! »

En nage, Jean venait d'atterrir à notre table.

Jo mit la main à l'intérieur de sa veste et le voyou se leva, prêt à en découdre.

« Qui c'est qu'est l'as des soufflants ?

— Gillespie, évidemment.

— Un soufflant, c'est un instrument à vent. Pas un flingue… »

Suzanne avait dit ça d'un ton de mépris.

« On t'a demandé l'heure ?

— Dites donc, restez poli ! »

Jo sortit la main de sa veste pour gifler Jean, qui tomba à la renverse entre les danseurs.

« Mets les bouts, gamin !

— C'est des copains à ton paternel, ça ? demanda André en relevant Jean.

— Qu'est-ce qu'il a, son paternel ? »

J'improvisai.

« Il n'aime pas le jazz.

— Beau-papa est resté musette ?

— Il aurait plutôt peur du noir.

— À son âge… Faut lui dire que le monde change ! »

Pour célébrer cette belle déclaration humaniste que le Sachem lui-même n'aurait pas reniée, Gillespie se lança dans un solo.

« Allez, viens, on se tire.

— Tout de suite ? »

Je cherchai Alfons du regard mais il n'était pas encore arrivé.

« Un des marioles raccompagnera ta souris.

— Elle parle parfaitement l'anglais, vous savez ? Elle lit de la poésie ! »

Je ne sais pas ce qui m'a pris. Je nous mettais en danger, elle, son père et moi. Je ne donnais pas cher de ma peau si Jo apprenait mes relations avec le Sachem. Mais comment réagirait-il à mes rudiments d'anglais ? Suzanne pourrait y suppléer. Décidément, je ne valais pas grand-chose sans une femme à mes côtés. Le monde des vrais de vrais n'était pas près de m'ouvrir ses portes. Pour être un homme, c'est moi qui avais besoin d'un interprète…

« On ne va pas exactement à un récital, tu sais. »

Je pontifiai :

« Le poète a dit : la poésie est une arme. »

Le voyou pouffa :

« Sauf si on est Mallarmé ! »

Celle-là, je ne l'avais pas vue venir.

Pas plus que je n'avais vu venir Norman, le fils de Gisèle,

qui descendait l'escalier au bras de sa petite amie. Suzanne était pendue au mien. En nous croisant, nous nous sommes dévisagés sans rien dire.

Le communiste forcené prétendument célibataire et le mari de sa mère n'avaient aucune raison de se retrouver dans l'escalier d'une boîte de jazz, en galante compagnie.

Irait-il cafter ?

Je me faisais kidnapper pour la deuxième fois : il ne manquait plus que Gisèle me fasse une scène...

## VINGT

« On vous a trouvés juste à temps. Autrement, on était bons pour négocier en braille.

— En langue des signes ?

— Avec les mains, quoi.

— S'ils ne comprennent pas le français, ça n'aurait servi à rien de brailler ! »

Le voyou se prénommait Léonce. Avec lui, impossible de savoir s'il se foutait de vous ou s'il était complètement demeuré.

Sur la banquette arrière, dans l'obscurité, Suzanne tentait de me faire comprendre quelque chose mais je l'ignorai.

Je pensais à Gisèle.

La pauvre devait être folle d'inquiétude. Me serais-je senti moins coupable sans la rencontre inopinée avec Norman ? Seules la honte d'avoir été pris la main dans le sac et la peur des conséquences justifiaient mon attitude puérile.

« En tout cas, tu as eu de la chance que je tombe sur eux, se vanta Léonce.

— Ta gueule ! »

Jo le Chanceux détestait qu'on lui parle de sa chance. D'abord, parce qu'il se sentait dévalorisé : les vrais de vrais ne doivent rien à la chance, tout au courage, à la volonté ou à la ruse. Et puis, de la chance, il avait cru en avoir, une fois. Il avait douze ans, venait de s'évader de la colonie pénitentiaire de Belle-Île au cours d'une émeute, un gentil couple de Bellilois l'avait recueilli et nourri. Après, le gentil couple l'avait ramené par la main contre la rançon de 20 francs promise par la Préfecture pour chaque enfant capturé.

Conclusion : il aurait mieux fait de voler sa nourriture.

Alors, plus tard, après la guerre, le jour où le conducteur noir d'un camion-citerne de l'US Army lui avait proposé de siphonner l'essence et de partager les gains à la revente, il s'en était souvenu. La chance, ça se provoque, et la provocation, ça le connaissait. Il avait pris l'essence, dénoncé le Noir à la Police militaire et, avec l'argent, acheté une camionnette dans laquelle il s'était mis à conduire des prostituées vers les bases américaines et trafiquer en retour des rations alimentaires, du matériel militaire, des caisses de chewing-gums et des cigarettes.

C'est le commissaire Maillet qui m'a raconté tout ça, plus tard.

Léonce se gara devant le cabaret de la Grande Pinte, à la Chaussée-d'Antin, un rade tenu par Jean Ramponneau, anciennement patron du Tambour Royal, à Saint-Maur.

Un rendez-vous prisé des mauvais garçons, la faute soi-disant à un souterrain permettant de s'enfuir par les égouts en cas de descente.

Les deux New-Yorkais nous attendaient dans l'arrière-salle, devant de grands verres d'un liquide jaune et une coupelle d'olives.

« Du pastis ?

— Ils arrivent de New York mais en passant par Marseille. Briser une grève, ça n'empêche pas de goûter aux spécialités locales.

— Quelle grève ?

— D'ailleurs, ils n'arrivent pas vraiment de New York mais de Rome.

— Qu'est-ce que c'est que cette histoire ?

— Ils vous expliqueront ça mieux que moi. »

En anglais ? J'aurais aimé voir ça...

Deux petites frappes aux airs d'apprentis maquereaux qui les avaient conduits depuis le Sud nous dévisageaient effrontément, accoudées au comptoir.

Je demandai :

« Ce sont des Américains ou des Italiens ?

— Qu'est-ce que ça peut faire ? grogna Jo.

— Pour traduire, ça change tout.

— Ce sont des Italo-Américains, dit une des petites frappes.

— Mais plutôt Italo ou plutôt Américains ? »

Il haussa les épaules.

« Ces Italo-Américains-là sont retournés vivre en Italie. Je crois même qu'ils sont déçus. Ils disent qu'ils ne s'y sentent plus chez eux.

— Ils connaissaient ?

— Pas que je sache, mais on leur avait raconté. Ils s'imaginaient l'Italie autrement. »

Léonce intervint :

« L'Italie, ils en sont revenus, quoi.

— Comment ?

— Ne compliquez pas tout ! »

Les New-Yorkais se sont levés. Ils portaient des costumes gris impeccables et des cravates rayées. Nous nous sommes serré la main. Jo le Chanceux me présenta :

« L'interprète. »

Ils n'avaient pas l'air de connaître le mot.

« Pastis ? »

Le petit maigre avait posé la question avec l'accent marseillais.

« Ils parlent français ? »

Le serveur anéantit mes espoirs.

« Celui-là sait dire *pastis*. L'autre, rien. Au moins, ils peuvent commander.

— Et les olives ?

— Courtoisie de la maison. »

On s'attabla. Jo offrit des cigarettes. Je trouvais qu'il aurait pu offrir une marque française, ne serait-ce que pour leur faire découvrir quelque chose, comme les Marseillais le pastis, mais non, la Lucky Strike, c'était sa carte de visite, ça impressionnait toujours en ces temps de rationnement.

Les New-Yorkais, bien sûr, s'en foutaient.

« *No thanks.*

— Il a dit...

— Ça va, j'ai compris !

— *OK, let's go straight to the point.*

— Qu'est-ce qu'il a dit ?

— D'aller directement au point.

— Il cherche la bagarre ?

— Pas le poing, le point.

— Quel point ?

— Comment voulez-vous que je le sache ? Laissez-le parler !

— *Now we've been dealing with the strike...*

— Il la veut, finalement, cette cigarette ?

— Peut-être qu'il veut faire un bowling ?

— Attendez qu'il ait terminé sa phrase !

— ... *we'd like to set up our business...*

— Qu'est-ce qu'il dit ?

— ... *in order to reorganize our supplies...*

— Qu'est-ce qu'il dit ?

— Écoutez, je ne peux pas me concentrer si vous l'interrompez tout le temps.

— Pourquoi vous ne traduisez pas ?

— Comment voulez-vous que je traduise si je ne sais pas où il veut en venir ?

— On s'en tape, on ne vous demande pas de comprendre. Il dit un mot, vous le répétez en français, c'est quoi le problème ?

— Écoutez, vos caisses de cigarettes, il y a des gens qui les récupèrent en mer, et puis d'autres qui les convoient à Paris, et puis des revendeurs qui les débitent au détail, pas vrai ?

— Quel rapport ?

— Une phrase, c'est pareil : on ne se lance pas dans la contrebande tant qu'on n'a pas mis en place toute la filière !

— La traduction, c'est de la contrebande ?

— Il faut bien faire passer les frontières aux mots. Maintenant, si vous voulez en avoir pour votre argent, de l'authentique, du garanti pas coupé, une traduction pas frelatée, pas trafiquée, pas allongée à l'eau, avec des papiers en règle, laissez-moi me concentrer !

— Bon…

— Tenez, et si vous et Léonce alliez prendre un Coca au comptoir en attendant ? C'est ma tournée. »

Ils y allèrent docilement.

Aujourd'hui encore, je me demande comment j'ai fait.

Le pouvoir de la métaphore opportune, assurément. Beaucoup d'auteurs devraient s'en inspirer…

Les deux New-Yorkais nous fusillaient du regard.

« *Please go on.* »

Suzanne avait mis juste ce qu'il fallait d'accent français dans son anglais parfait pour capter l'attention de ces messieurs. Elle n'aurait pas fait mieux en levant la jambe sur un air de french-cancan. Trois mots, et c'était *Paris by night* dans l'arrière-salle, même le pastaga prenait des airs de champagne !

L'honneur était sauf : j'avais fait ma part du boulot en éloignant les truands, Suzanne prenait le relais.

À la fin de leur discussion, elle me fit un petit résumé, mine de rien.

Les choses se présentaient comme ça :

La grève des dockers cégétistes qui bloquaient l'envoi de

matériel militaire en Indochine n'embêtait pas que le gouvernement Bidault. D'abord, les conflits dans les ports français menaçaient les livraisons du plan Marshall. Et puis, avec la guerre en Corée qui s'annonçait, les États-Unis espéraient que la France ralentirait la progression du Vietminh, à défaut de le vaincre. Le Département d'État avait donc tout intérêt à briser la grève. Il n'était pas le seul : la mafia aussi, Marseille étant le port de transit de l'opium en Europe. Envoyés par Lucky Luciano, les deux New-Yorkais avaient mis la CIA en lien avec la pègre marseillaise pour créer des syndicats non communistes, recruter des délinquants et briser la grève. Maintenant que c'était chose faite, mafias et gouvernements occidentaux comptaient travailler main dans la main à réorganiser la filière de l'opium afin de financer la lutte anticommuniste en Asie du Sud-Est.

Ni plus ni moins.

Jo le Chanceux n'eut pas l'air moins perplexe que moi en écoutant mon rapport.

« Lucky Luciano ?

— Pendant la guerre, il a filé un coup de main en traquant les saboteurs allemands dans les ports américains qu'il contrôlait. On dit qu'il aurait aussi fait le lien avec les familles de la Camorra sicilienne pour qu'elles facilitent le débarquement allié. Ça lui a valu sa libération surprise, vingt ans avant l'expiration de sa peine, à la fin de la guerre. Depuis, il vit à Rome.

— Et il continue ses trafics ?

— Vous n'avez pas compris ce qu'on vient de vous dire ? Il ne trafique plus : il combat pour la liberté ! »

Nous retournâmes nous asseoir. Les verres étaient vides. Personne n'avait touché aux olives.

« Maintenant, demande-leur ce qu'ils veulent exactement.

— Ouate ze plane ?

— *He means : what's next ?*

— *Kill the bloody Sachem !*

— Il dit qu'il faut tuer...

— J'ai comp... »

Suzanne aussi avait compris, mais ce n'est pas parce qu'on comprend qu'on aime ce qu'on entend. Il y a des fois où il vaut mieux ne rien comprendre, ou mieux : se faire expliquer.

Entre Suzanne et les mafieux, il y avait de toute évidence un genre de malentendu.

Duhamel n'a pas tort : un médiateur, ça facilite le dialogue entre les cultures.

Le traducteur fait tampon.

Au figuré, parce que, au sens propre, Suzanne avait sorti un calibre d'on ne sait où et je plongeai sous la table au moment où elle se mit à défourailler.

## VINGT ET UN

« Tu savais que c'était la mioche du Sachem ? »

Même si j'avais voulu mentir, on ne m'en laissa pas le temps. Le coup de poing me fit tomber à la renverse.

Jo releva la chaise à laquelle j'étais attaché.

« Depuis quand tu roules pour le Sachem ? »

Qu'est-ce que je pouvais répondre ?

Nouveau coup de poing, nouvelle chute. Ils auraient pu s'épargner la peine d'avoir à me redresser à chaque fois en appuyant la chaise contre un mur mais ça n'avait pas l'air de leur venir à l'idée.

« J'arrive pas à croire que ce lavedu nous a cavés tout du long. Pendant que le Ricain lui jouait le grand jeu façon Broadway, cézigue prenait la roue pour nous faire la nique dans le dernier virage ? Tu m'étonnes qu'il a dégauchi Fagne : il savait où il créchait ! Il nous l'a faite au flan, et nous, pauvres cloches, on n'y a vu que du feu ! Si on peut même plus faire confiance aux honnêtes gens…

— *Traduttore, traditore*, soupira Léonce.

— Tu parles espagnol ? s'étonna Jo.

— J'ai vécu au Brésil. »

En fait de souterrain, le cabaret de la Grande Pinte n'avait qu'une porte de derrière. Souvent, la réalité déçoit. C'est par là que nous nous étions tous carapatés avant l'arrivée de la police, le New-Yorkais blessé appuyé sur son collègue, le petit maquereau corse survivant, Suzanne inanimée dans les bras de Léonce et moi au bout du canon de Jo.

Tout ce beau monde en voiture, direction la Courtille, chez Dunoyer, un cercle de jeu privé, l'entrée des artistes, l'escalier de pierre, le caveau façon *midnight room* capitonnée et les coups de poing.

En haut, Tino Rossi tournait en boucle.

« Tu l'as sondé ? Manquerait plus qu'il soit enfouraillé aussi ! »

Léonce trouva le pistolet de Cong Tam à ma ceinture.

Jo grimaça :

« Il est du métier, je l'ai toujours su.

— Pourquoi il ne s'en est pas servi ?

— Un dur à cuire comme lui, ça ne s'affole pas facilement. »

Ils trouvèrent aussi mon portefeuille, mes clés et, pliées en quatre, les pages de *J'en parlerai à mon cheval* qui n'ont pas été intégrées à la traduction finale, celles où l'écrivain confesse à Peter Gondola comment il s'est débarrassé des criminels après les avoir fait avouer pour inspirer ses romans.

Jo se mit à lire à haute voix la version tapée à la machine par Gisèle :

*Je vais tout vous dire. Considérez ça comme le brouillon d'une œuvre à venir. Je l'écrirai en prison, si on m'en laisse le temps, et sinon, je vous l'offre. Vous n'aurez qu'à l'écrire à ma place, le succès est assuré. Moi, je suis devenu criminel pour écrire des livres mais vous, vous n'aurez même pas à vous salir les mains. Méfiez-vous, toutefois, à force d'écrire sur les crimes des autres, on finit par en commettre soi-même. Tout ça, finalement, c'est la même chose. Le réel inspire la littérature et la littérature influence le réel, l'ensemble se fond dans le grand creuset de nos imaginations, le crime réel et le crime fictif, le détective et l'auteur, l'auteur et le criminel, le détective et le lecteur…*

Il s'interrompit.
« J'entrave que t'chi.
— Des états d'âme d'écrivain. Il y a une version en argot. »
Il se mit à déchiffrer tant bien que mal mon écriture :

*La plupart pipaient pas au charre. Bizarre, la renommée littéraire les faisait bander mou, tous ces pégriots. En matière de panthéon des poètes, la page des faits divers leur suffisait, une corde de chanvre en guise de couronne de lauriers. Ils voulaient rien savoir. Tu vas pas croire qu'il y en avait même pour me supplier de les livrer aux flics ! « – Il y a une récompense ! – mes droits d'auteur me suffisent… » Pan ! Une balle dans la courge en guise de point final. C'est qu'ils auraient préféré perpète à la gloire éternelle, faut quand même manquer d'imagination ! Il y a un branque que j'ai balancé dans l'Hudson dans un scaphandre en béton, il m'a promis de s'amender, comme si j'étais son confesseur. Je fais quoi, moi, si les voyous se font honnêtes ? Je perds ma source d'inspiration ! Et un autre, que j'avais attaché aux rails, m'a promis un crime encore plus sensationnel. Le marlou voulait me convaincre d'écrire une suite ! L'express de Cincinnati a mis fin à nos projets de collaboration avec quelques minutes d'avance. Ils étaient des tueurs, ils sont devenus bouquins. Moi, j'étais brodeur, je finirai sur une chaise électrique. On n'est jamais sûr de rien, dans la vie…*

C'est à Jo que je devais ce « brodeur ». Il n'eut pas l'air de s'en souvenir.

« C'est quoi ça ?

— La version manuscrite, ça doit être la première. L'autre est mise au propre à la machine. Il a retiré tout l'argot. Monsieur veut se donner des airs…

— Je croyais que tu pipais pas le jar ?

— On a affaire à un retors.

— C'est ta confession, ça ? »

Même dans des circonstances plus favorables, allez leur expliquer qu'il faut distinguer l'auteur et le narrateur ! La première personne, c'est trompeur…

Moi, à force de coups, j'avais du mal à garder la tête levée. Jo dut prendre ça pour un aveu.

« T'as dessoudé tous ces mecs ?

— T'as vécu aux States ?

— C'est pour ça que tu jactes l'angliche au poil ?

— C'est là que t'as copiné avec le Sachem ?

— Gringoire Centon, c'est un faux blaze ? »

Je n'avais même pas besoin de répondre. Ils prenaient le moindre battement de paupière de mon seul œil ouvert pour de l'approbation.

Si c'est écrit, c'est vrai. Ces gens-là prennent la littérature au sérieux. Quel dommage pour l'écrivain que les meilleurs lecteurs soient ceux qui lisent le moins !

« Allez, tu la pousses, ta chansonnette ? On est tout ouïe ! »

Le commissaire Maillet se trompait sur une chose : dans l'interrogatoire, le suspect n'est pas un lecteur mais l'auteur. Ou plutôt, chacun est tour à tour auteur et lecteur : le policier suggère, le suspect valide ; le suspect raconte, le policier interprète.

On n'écrit et on ne lit qu'à deux.

Jo et Léonce avaient un scénario en tête, il ne me restait qu'à l'écrire. Donner au lecteur ce qu'il attend, c'est la clé du succès de la Série Noire. Finalement, écrivain, nègre ou traducteur, on n'écrit jamais que pour les autres.

Alors, pour leur plus grand bonheur, je me lançai dans le pastiche du siècle, palimpseste plagiaire, forgerie policière d'extraits des romans traduits par Gisèle et moi, de souvenirs du Sachem, d'anecdotes tirées de la vie de Villon et de Cartouche et d'un peu tout ce dont je me souvenais en matière de criminels de littérature. J'étais un mélange de Chourineur et de Chéri-Bibi à la sauce Chicago, Fantômas capable de changer d'identité et de me faire passer pour le plus incompétent des traducteurs, un inoffensif écrivain raté, afin de mieux commettre mes méfaits.

Pas besoin d'en faire trop, leur imaginaire nourri de films

hollywoodiens s'emballait à l'allusion, complétant les manques de mon récit, le mettant en images, suppléant à ses incohérences.

« J'avais vingt ou trente associés dans la truande, on s'habillait en voyageurs de commerce pour cambrioler les thurnes, costume trois pièces blanc, insoupçonnables. Une fois j'ai fait une église, mais pas les troncs, la sacristie. Mille sacs, j'ai goupillé, et trois valoches pleines de visons que j'ai refilés à un fourgue de la rue d'Amsterdam, pour pas cher.

— Ça me dit quelque chose...

— Tu l'auras lu dans les journaux, j'ai failli être lynché cette fois-là. J'ai bien cru que ma mère me reverrait plus !

— Comment tu t'en es tiré ?

— Je me suis fait la belle de la centrale de Nantes grâce à la fille d'un maton. J'y ai fait du gringue, elle m'a aidé à sauter dans la Loire... »

J'ai continué comme ça à m'inventer une vie sans trop savoir pourquoi, surtout pour qu'ils arrêtent de me cogner dessus, pour gagner du temps, mais aussi parce que j'y prenais plaisir, aussi peu propices aux joies de la création que soient les circonstances.

J'étais à court d'imagination lorsqu'on frappa à la porte.

« Les voilà. »

Jo et Léonce me laissèrent sans public.

J'entendis discuter à voix basse derrière la porte.

Lorsqu'elle s'ouvrit à nouveau, c'est le Ricain qui entra, suivi du petit blond qui lui servait de chauffeur.

J'avais l'impression d'avoir déjà vécu la scène, sauf que,

cette fois, je jouais le rôle d'Ariel Fagne. Signe de mon implication, j'étais passé du public à la scène. Et j'avais le trac...

« Qu'est-ce que c'est que cette histoire ?

— Ils m'ont cru ?

— Au pied de la lettre. Vous êtes un conteur-né.

— Dommage que vous ne soyez pas éditeur...

— Qu'est-ce que vous en savez ?

— *Rapports France-États-Unis* ?

— Entre autres. Le Congrès pour la liberté de la culture va lancer des revues en Europe. En France, ça s'appellera *Preuves*. On aura besoin de signatures...

— Vous êtes de la CIA ?

— Psychological Strategy Board.

— Quèsaco ?

— Coordination de la guerre psychologique des différentes agences gouvernementales.

— Vous n'avez pas honte de travailler pour les Américains ?

— Mon père était pétainiste, on l'a retrouvé dans un fossé à la Libération, deux balles dans la nuque et les mains attachées dans le dos. Je me sens en droit de choisir la patrie que je veux.

— Même celle du capitalisme ?

— Tout de suite les mots qui fâchent. Moi, je promeus l'*american way of life*.

— De la propagande !

— Vous n'avez pas entendu Truman ? Une campagne de vérité. La propagande, c'est les Russes.

— Quelle différence ?

— Écoutez, vous et moi savons que la réalité n'existe pas. Jusqu'à présent, c'était une théorie métaphysique ou une métaphore littéraire. Désormais, c'est un fait. Tout le monde se fiche du monde tel qu'il est, chacun a sa version et la ferme intention de l'imposer aux autres. Il faut vous habituer à ne pas vivre dans la réalité mais dans un des récits qu'on en fait.

— Que qui en fait ?

— Les Russes par exemple. Planqués derrière le rideau de fer, ils inventent un monde soi-disant meilleur. Le paradis communiste et celui des chrétiens ont ceci de commun que personne n'est jamais revenu pour en parler. Le spectacle promet, pourtant : l'Union soviétique, c'est deux cents millions de figurants qui marchent au knout. La réalité à coups d'oukase ! Nous, nous préférons travailler en amont. Nous sommes dans l'incitatif pas dans le répressif. C'est la méthode douce : on vous amène progressivement à adhérer au produit, en vous persuadant que vous en avez toujours rêvé. Pour tout le reste il y a Hollywood.

— Des récits, il y en aura d'autres.

— Évidemment. Surtout avec nous. Chacun sera même encouragé à écrire sa propre version si on trouve le moyen que ça rapporte. Un monde différent consommé tous les jours : l'idéal de la société d'abondance. D'un côté, la réalité centralisée, façon plan quinquennal ; de l'autre, le consumérisme adapté aux besoins de chacun. Le choix est vite fait !

— Vous êtes en train de me faire l'article ?

— Pas à vous. Vous êtes trop habitué à vous mouvoir entre les différentes versions des choses.

— Seulement entre les langues. Et encore…

— Les mots, les choses c'est du pareil au même. Vous et moi adaptons l'Amérique au goût du public français, chacun à notre manière. Vous y mettez de l'argot, moi des aspirateurs, des dindes de Thanksgiving et la liberté. Nous transposons. Nous trouvons les mots. Mais nous ne sommes pas dupes…

— Vous me sortirez d'ici si j'accepte de travailler pour vous ? »

Le petit blond me détacha de la chaise.

« Même si vous n'acceptez pas. Jo s'est mis en tête de vous envoyer au Sachem en petits morceaux, pour montrer ce qui arrivera à sa fille s'il ne se rend pas. C'est du gâchis, un coup de téléphone suffirait. On ne peut pas laisser faire ça. Quelle grande perte pour la guerre psychologique ! Mon chef ne s'en remettrait pas…

— Votre chef me connaît ?

— Il connaît votre femme. »

À ce moment-là, Jo entra.

« Assez jacassé. Il est temps de… »

Il s'arrêta en me voyant libre. Le Ricain tira son arme et le mit en joue.

« *Bis repetita.*

— Et ta sœur ? »

Dans l'autre pièce, un coup de feu éclata. Jo s'y rua, suivi du Ricain, et le rodéo commença. Les rafales résonnaient, on n'entendait plus Tino.

Le petit blond me plaqua contre le mur. Quand la fusillade se calma, il jeta un coup d'œil par la porte, l'arme à la main.

« Viens. »

De la fumée emplissait la pièce, l'unique ampoule avait explosé. On devinait des ombres que l'éclair d'une détonation figeait parfois.

En longeant la paroi, je butai contre quelque chose : le cadavre du Ricain.

Quelqu'un n'avait visiblement rien compris à la guerre psychologique.

Il avait pris une balle entre les deux yeux.

La réalité visait juste.

Le petit blond me poussa vers l'escalier en faisant feu au jugé pour couvrir notre sortie.

En haut, le cercle avait fermé, ne restait que le serveur qui comptait sa caisse. Il plongea derrière le comptoir en nous voyant apparaître par la trappe à deux vantaux.

Une fois dehors, le petit blond me donna l'accolade :

« Tu es libre, camarade. »

Il avait un accent polonais.

« Camarade ?

— Préviens ta femme que tu es sain et sauf mais ne rentre pas chez toi tout de suite, c'est trop risqué.

— Ma femme ? Risqué ?

— À bas la guerre ! Vive l'Internationale ! »

Et il retourna à l'intérieur en levant son poing serré.

# VINGT-DEUX

Le jour n'était pas encore levé.

Je descendis la rue de Belleville comme pour rentrer chez moi. À République, un PMU ouvrait, je commandai un café et m'enfermai dans la cabine téléphonique.

« Allô ?

— Ce n'est pas ce que tu crois.

— Gringoire ? »

Gisèle dormait.

« Quoi que te dise Norman, c'est faux.

— Norman ? Tu es avec Norman ? Qu'est-ce qui se passe ?

— Je dois retourner chez le Sachem, sa fille a été enlevée.

— Le Sachem ? Tu devais retrouver Ariel Fagne ! »

Elle savait.

« Tu connais un directeur à la CIA ?

— Oui.

— Et un petit communiste polonais qui joue les chauffeurs ?

— Oui. »

Un silence.

« Mais ce n'est pas ce que tu crois. »

Un autre silence.

« Tu as retouché mes corrections.

— Le livre se vend bien. Duhamel nous a confié un nouveau roman.

— Nous ?

— Je lui ai dit que je dactylographiais tes traductions.

— Il t'a crue ?

— Évidemment. »

Jo le Chanceux aussi s'était fait avoir. On me prenait pour l'auteur, pour le traducteur, alors que je n'étais rien. Mais cela semblait plus facile à croire que le contraire. Les rôles étaient renversés et toute la société à l'envers pour ne pas voir les mérites d'une telle femme.

« Je t'aime. »

Je raccrochai et composai un autre numéro :

« Bonjour, passez-moi Alfons Real d'urgence. Je sais qu'il est tard mais je viens de retrouver le trésor caché des nazis. »

Trente secondes plus tard, le détective était à l'appareil :

« Elle est montée en courant ?

— On s'est croisés dans le hall, je rentre à peine du Vaudou.

— Vous avez fait la fermeture ?

— Elle swingue, cette boîte !

— Vous vous rappelez l'adresse du Sachem ?

— Bien sûr. »

Je notai.

« Ça vous dérangerait de me rejoindre là-bas ?

— La fête continue ?

— En quelque sorte… »

Je donnai au taxi l'adresse du pavillon du Sachem. Il se perdit plusieurs fois dans La Varenne-Saint-Hilaire mais, quelques centaines de mètres avant d'arriver, les flammes nous indiquèrent la direction.

La maison brûlait.

Les pompiers étaient sur place mais il n'y avait plus rien à sauver.

J'épiai accroupi derrière un buisson. On ne distinguait pas de corps. À l'étage, la bibliothèque finissait l'ultime recomposition de ses particules dans l'atmosphère, les livres retournaient au réel comme la poussière à la poussière.

On toucha mon épaule.

« C'est un coup du commissaire Maillet, murmura Alfons en s'agenouillant près de moi.

— Comment vous le savez ?

— Je suis arrivé en avance, j'ai tout vu. Il a fait mettre le feu par un de ses hommes et ils sont repartis se cacher plus loin. Ils ne devraient pas tarder à revenir, ils attendent certainement qu'un voisin donne l'alerte.

— Je me demande comment il a retrouvé le Sachem.

— Je crains qu'il m'ait fait suivre la première fois… »

Pourquoi l'inspecteur faisait-il surveiller celui qui était censé le filer ?

Uniquement parce qu'il l'avait repéré et voulait savoir qui l'avait engagé ?

Ou pour une autre raison qui n'avait rien à voir ni avec moi ni avec ma femme ?

Savait-il que le détective, qui ne le savait pas lui-même, était à la recherche du Sachem ?

Si ça se trouve, Alfons était un dangereux activiste fiché par les services de police. J'avais peut-être foncé droit dans un piège.

« Il faut partir immédiatement.

— Je vous ramène à Paris.

— En Solex ? »

Il alla le chercher.

À peine me retrouvai-je seul que je sentis le canon d'une arme dans mon dos. Je levai les mains. C'est fou ce qu'on a comme réflexes romanesques.

Une voix chuchota quelque chose que je ne compris pas.

« Je vous demande pardon ? »

La chose fut répétée, dans une langue inconnue.

« Désolé, je ne comprends pas. »

Ce que je compris, ce fut la bourrade qui me mit en marche et l'universel « chut » susurré. Nous gagnâmes la rive en longeant les haies.

Un canot à moteur attendait, on m'y poussa.

Je me retournai : c'était Cong Tam, l'Annamite du Sachem. Il tenait Prince dans une main, un pistolet à silencieux dans l'autre.

Il me désigna la banquette, détacha l'amarre et se mit aux commandes, laissant le canot dériver en silence jusqu'au milieu de la Marne avant de mettre en marche.

L'aube pointait.

Sur la berge, son Solex à la main, Alfons me regardait m'éloigner.

L'Annamite accéléra, tous feux éteints, entre les falaises noires des maisons. Je me sentais comme un pirate sur une jonque dans le delta du Mékong. Prince vint se lover sur mes genoux. Il portait un petit manteau écossais. L'Annamite cria quelque chose, je fis oui de la tête sans comprendre. Il fronça les sourcils.

À Charenton, il prit la Seine, puis le canal Saint-Martin jusqu'à Stalingrad.

Une berline nous attendait.

Quelques rues plus loin, nous étions à la Goutte-d'Or, en bordure des terrains vagues laissés par les bombardements alliés visant la gare du Nord.

Les maisons d'abattage avaient fermé, les rues étaient désertes.

À l'horizon des rues en pente, Montmartre des plaisirs éteignait ses lumières.

À flanc de colline subsistait une maison abandonnée au cœur d'un labyrinthe de pans de murs effondrés. L'Annamite me poussa à l'intérieur, direction la cave dont la porte était blindée.

Je faisais beaucoup les sous-sols, ces derniers temps.

Le Sachem ouvrit.

C'était un laboratoire clandestin.

Plusieurs personnes s'affairaient à ranger le matériel dans des caisses.

« Où est ma fille ?

— Jo le Chanceux l'a enlevée.

— Vous travaillez pour Jo ?

— Bien sûr que non. Lui m'accuse de rouler pour vous. Qu'est-ce que vous avez tous ? »

Ma tête amochée parlait pour moi.

J'expliquai toute l'affaire.

« Après tout, votre petite escapade a permis à Suzanne d'échapper à l'incendie.

— Que s'est-il passé ?

— J'étais ici toute la nuit. Cong Tam m'a prévenu par téléphone.

— Un serviteur dévoué.

— Vous savez ce que signifie Cong Tam ?

— Chrysanthème du matin ?

— Sens du devoir.

— À propos de sens du devoir, c'est le commissaire Maillet qui a fait le coup.

— J'aurais dû m'en douter : il a fait mitrailler le Saint-François il y a quelque temps. »

Le Sachem me raconta alors une histoire que je connaissais déjà, l'histoire de truands déguisés en gestapistes qui dévalisaient les appartements juifs que leur indiquait un policier français pendant l'Occupation, avec quelques détails nouveaux : que les relations avec ce policier n'avaient pas toujours été au beau fixe, qu'il se montrait parfois gourmand, que les truands se passaient parfois de lui, que lui-même se passait parfois de l'accord de ses supérieurs, que le policier en question, en même temps qu'il se remplissait les poches, espionnait pour la Résistance, alors que le Sachem renseignait les Allemands sur les agissements de la police française, que quelques coups avaient été échangés, quelques balles aussi, qu'on s'était quittés bons amis à la Libération, et que ce policier avait été promu commissaire-divisionnaire.

« Pourquoi s'en prend-il à vous ?

— À la Libération, c'est lui qui a organisé la restitution des biens en échange de ma tranquillité. Il a gardé sa part du butin et certainement ponctionné la mienne, au passage. Je n'ai pas couru les musées pour vérifier. À l'époque, il avait intérêt à me ménager, nous avions été complices. Aujourd'hui qu'il est une personnalité de la République et me croit sur le déclin, il veut sans doute se débarrasser d'un témoin gênant pour sa feuille de service.

— Pourquoi maintenant ?

— Qu'est-ce que j'en sais ? Il doit viser une promotion. Peut-être qu'ils se sont finalement décidés à la lui donner, sa rosette... »

Une promotion de Maillet, c'était plutôt bon pour Gisèle, non ?

« Il ne connaissait pas votre adresse à La Varenne ?

— J'aime que les relations professionnelles restent dans un cadre strictement professionnel.

— Alors, en vous forçant à quitter le Saint-François avant l'attentat, je vous ai sauvé la vie ?

— Avant de tout gâcher en me mettant un détective sur le dos...

— Pas moi.

— Qui alors ?

— Le *boyfriend* de votre fille. »

Il parut méditer quelques secondes aux coups qui ne

viennent jamais de là où on les attend, ou peut-être à cet avenir de beau-papa que sa fille lui préparait.

« Pourquoi êtes-vous revenu ? finit-il par me demander.

— Pour terminer votre biographie.

— Tout est resté dans l'incendie. Pas grave... Il y a des livres perdus depuis des siècles plus célèbres que la plupart de ceux qu'on publie aujourd'hui. Le mien est parti en fumée deux fois avant même d'être achevé, imaginez la légende ! Place de choix assurée dans l'anthologie des livres jamais écrits. Libre à chacun d'en imaginer ce qu'il voudra, même la Série Noire ne peut rivaliser avec un argument commercial pareil.

— Dommage pour votre bibliothèque...

— Ce ne sont pas les livres qui sont importants mais les textes. Les textes vivent ailleurs, dans d'autres livres ou dans l'esprit des lecteurs. Brûlez la bibliothèque universelle, vous trouverez toujours quelqu'un pour la réécrire de mémoire, parfois en mieux, débarrassée de l'inutile. La littérature n'est après tout rien d'autre : une longue chaîne de réécritures plus ou moins fidèles, plus ou moins novatrices, plus ou moins réussies.

— Un vieillard qui meurt, c'est une bibliothèque qui brûle, c'est ça ?

— Ne dites pas de conneries. J'en ai connu pas mal, quand ils claquaient, c'était une distillerie qui explosait. Et puis, on ne demande à personne d'être une bibliothèque : un petit bout de texte suffit, une jolie métaphore, quelques vers. Portez-les un peu, le temps que d'autres s'en emparent, vous avez joué votre rôle. Mes Mémoires n'existeront jamais mais ce que je vous ai raconté vous inspirera peut-être un roman. J'aurai au moins vécu pour ça. Tâchez qu'il soit bon, sinon je vous balance dans la Seine ! »

Impossible de savoir s'il était sérieux.

Il n'avait pas l'air d'un homme sur le point de se rendre.

« Sans compter qu'Arthur Geiger peut me remplacer tout ça à l'identique, à la faute de frappe près. Thésauriser les livres, c'est une mentalité de boutiquier. De nos jours, les truands investissent dans la pierre, en bourgeois. De mon temps, on jetait tout par les fenêtres : l'argent, la maison, les livres, les gens. Surtout les gens... »

Un petit chauve au visage rongé d'eczéma vint dire au Sachem que l'essentiel avait été chargé dans un camion, que le jour se levait, qu'il fallait partir. Il avait un accent autrichien.

« L'acétone ?

— On la charge en dernier.

— Vous pliez bagage ?

— Un laboratoire clandestin à Paris, c'est du souci. L'avenir est à la délocalisation. Il paraît que le gouvernement encourage l'investissement dans les colonies...

— En Indochine ?

— Le raffinage nécessite des produits instables, et ça va bientôt secouer là-bas. Vous voyez ce quartier ravagé tout autour ?

— La Goutte-d'Or ?

— C'est ici que trouvent refuge les Africains du Nord venus apporter leur écot à la reconstruction de la mère patrie. Il n'y a plus rien, alors on le leur cède volontiers.

Servir de chair à canon dans les spahis ne les a pas dégoûtés de la métropole, ces cons-là, faut qu'ils viennent trimer pour pas un rond. J'ai noué quelques relations qui ne seraient pas contre m'aider à m'implanter du côté d'Oran. Situation excellente entre l'Indochine et les États-Unis, à mi-chemin du producteur au consommateur, on économise sur les frais de transport.

— Sans parler du climat. L'air parisien n'a pas l'air bon pour votre chimiste.

— Plutôt l'acide chlorhydrique.

— Le Viêt-Cong, les Algériens, vous êtes décidément l'ami des indigènes. Vous êtes communiste ?

— La propriété, c'est le vol, et vice versa.

— Soyez sérieux.

— Je suis tellement contre la propriété que je réfute même l'autorité de l'auteur sur son texte.

— Donc, vous êtes communiste ?

— Vous avez pris au sérieux cette histoire de monde bilatéral, pas vrai ? C'est à force de traduire d'une langue dans une autre, vous ne voyez plus que deux côtés des choses. Soyons honnêtes, c'est déjà un de plus que la plupart des gens. Mais le monde est polysémique, mon pauvre vieux. Et ça ne va pas aller en s'arrangeant. Écoutez ce que je vous dis : pour s'en sortir dans un monde pareil, il faudra être interprète, et un bon...

— Le genre polyglotte ?

— Le nombre de langues n'y fait rien, ahuri ! C'est une question de disposition d'esprit. Un traducteur digne de ce nom sait que la vérité est dans la translation. Pas d'un côté ou de l'autre mais dans le va-et-vient entre les deux.

— La troisième voie, quoi…

— Vous voyez, quand vous voulez ? Disons que je suis un non-aligné. Mon credo, c'est que chacun prenne ce dont il a besoin pour vivre sans rien demander à personne. Est-ce que ça fait de moi un coco ?

— Je posais la question parce qu'il paraît que le gouvernement veut reprendre la main sur la production d'opium en Indochine pour affaiblir le Viêt-Cong. C'est sans doute pour ça que la police s'en prend à vous.

— La police, les Marseillais, les Corses, la mafia sicilienne, la CIA… Pourquoi ils ne me lâchent pas la bombe H sur le coin de la gueule, tant qu'on y est ?

— Qu'est-ce que vous allez faire ?

— Appeler l'Armée rouge en renfort.

— Sérieusement.

— Récupérer ma fille. Le reste, c'est de la littérature.

— Et moi ?

— Comme à la bibliothèque municipale : je prolonge l'emprunt avant de vous rendre. Tant pis s'il y a des pénalités de retard. »

Nous sortîmes dans le petit matin.

Le lointain appel d'un muezzin couvrit à peine les coups de sifflet des policiers qui montaient à l'assaut du terrain vague.

Le local que Maillet faisait surveiller à la Goutte-d'Or !

Dire qu'Alfons m'avait prévenu…

« En voiture, cria le Sachem.

— Et l'acétone ?

— Pas le temps de l'amener jusqu'au camion. Mettez-la dans le coffre de la Simca. »

Trois Kabyles à l'air pas commode s'en chargèrent.

L'Annamite démarra en trombe, deux estafettes firent de même en contrebas. Le temps qu'elles fassent le tour du terrain vague, nous étions déjà en plein cœur de ce qu'on appela la médina de Paris.

Après le Mékong, je me retrouvais en pleine Casbah.

Dans le temps, il fallait voyager pour voir le monde. Désormais, le monde vient à vous. Reste à savoir si c'est un progrès.

L'Annamite connaissait ces ruelles par cœur. Les lève-tôt s'écartaient devant nous et, après notre passage, la rue s'encombrait de brouettes, charrettes à bras et toute chose capable de ralentir un fourgon de police, réflexe du quartier chaque fois que retentissait une sirène.

Parfois, une pastèque tombait d'un étage sur un pare-brise.

Nous fîmes un long détour en banlieue, par sécurité, avant de revenir vers le centre de Paris.

J'observais le Sachem du coin de l'œil. En une nuit, il venait de perdre sa maison, sa bibliothèque, son laboratoire clandestin et sa fille.

On aurait accusé le coup à moins.

Mais lorsqu'il finit par prendre la parole, il ne dit que :

« Un petit-déjeuner, ça vous dirait ? »

## VINGT-TROIS

« Le Trou de la Pomme de Pin ? Le cabaret de Villon ? »

Nous nous trouvions devant une maison à colombages dont l'enseigne avait été retirée mais les lettres laissaient une empreinte sale sur la façade.

« Le vrai n'était pas exactement ici. Ça, c'était ma maison pour messieurs.

— Vous faisiez là-dedans ?

— Dans notre métier, grands ou petits, Français ou Allemands, Noirs ou Blancs, pédocs ou pas, il n'y a que des michetons, c'est la clé du succès. Ça ne s'appelle pas une maison de tolérance pour rien. Et puis, on tue, on vole, on aurait beau jeu de s'offusquer... »

L'Annamite nous avait conduits dans le Sentier, rue des Forges. Les pavés de la rue avaient été retirés pour des travaux de canalisations, la Simca a fini au pas, dans la boue. Le Sachem fit jouer une grosse clé dans une serrure rouillée et lâcha Prince à l'intérieur.

« Vous savez ce que c'était, par ici ?

— Le quartier chaud ?

— Le Triangle d'or ! Rue Saint-Denis, rue Blondel, rue du Caire. L'Indochine a le sien, où on cultive le pavot. Ici, c'était presque aussi rentable. Le pain de fesse, c'était la résine d'opium à la française. Mais je ne parlais pas de ça. Encore avant. »

Je le savais, j'habitais à deux pas.

« La cour des Miracles.

— Exact. Le fief d'Alby. Le royaume d'Argot. Là où Villon traînait ses guêtres : "Je crois te voir, exténué de fatigue, las de misère, te tapir dans un des repaires de la cour des Miracles, pour échapper aux archers du guet, et là, seul dans un coin, ouvrir, loin de tous, le merveilleux écrin de ton génie."

— Huysmans ?

— C'est un plaisir de discuter avec vous. La maison va vous plaire.

— Permettez-moi d'en douter. »

Tout était plongé dans le noir. Le Sachem chercha le disjoncteur mais rien n'y fit.

« Il doit y avoir des bougies quelque part. »

L'Annamite les trouva et en alluma de loin en loin, comme de petits feux épars aux coins d'une vaste place. C'était la grande salle d'un cabaret qu'on devinait dans les tons de rouge. Un long comptoir où s'alignaient des tonneaux en guise de tabourets, quelques tables auxquelles la pénombre vacillante donnait un air vermoulu disposées çà et là comme au hasard, des meubles sous des draps fantomatiques, comme un immense vestiaire où l'on aurait jeté en désordre les costumes d'une comédie entre deux actes, une piste de danse où les flammes des bougies découpaient un sabbat d'ombres indéfinies, des tas d'objets qui s'aggloméraient dans les coins d'ombre, jusqu'à un imposant escalier qui menait à une coursive qui couronnait l'endroit de sa rambarde d'épines.

L'Annamite dégagea pour nous une table qui n'avait rien de vermoulu, c'était même du mobilier délicat. La pénombre faisait grimacer les formes.

« Là-haut, dit le Sachem en désignant une porte sur la coursive, c'était la chambre François Villon. À côté, la chambre Thénardier, pour l'amour vache. En face, la baron Charlus, pour les délicats. La porte avec le faisceau de rapières, c'était la suite Trois Mousquetaires, pour les groupes. Vous savez qu'ils fréquentaient la Pomme de Pin, les Mousquetaires ?

— J'ai lu Dumas. Pourquoi seulement trois ? D'Artagnan faisait chambre à part ?

— Aramis. La cellule des repentis est au sous-sol. On est plus tranquille pour la flagellation.

— Rabelais aussi fréquentait l'auberge. Il y a une chambre Gargantua ?

— Pas le style de ma clientèle. Par contre, la Gavroche était très prisée.

— Ce couloir, qu'est-ce que c'était ?

— La section littérature étrangère. David Copperfield, Dorian Gray… Nous avions pas mal de clients anglais. Et là-bas, l'escalier de la basse-fosse : Aramis, le Masque de fer, tout ça.

— Il y en a pour tous les goûts, quoi.

— Dans ma partie, l'important est d'anticiper les désirs du client.

— Est-ce qu'on n'en revient pas toujours au même ?

— Détrompez-vous. Les idées changent, les goûts évoluent, il y a des modes. Le sexe n'y échappe pas, on ne fait pas l'amour aujourd'hui comme il y a vingt ans. C'est un perpétuel recommencement.

— On retraduit bien périodiquement les classiques pour les adapter à l'esprit de l'époque.

— Un coït reste un coït, le fond est le même mais la forme évolue.

— Il n'y a pas trente-six possibilités. Tout est dit et l'on vient trop tard, comme disait l'autre...

— "L'idée ne vaut que par la forme".

— Anatole France ?

— *Apologie du plagiat.*

— Vous, on peut dire que vous l'aimez, la littérature !

— C'est un mode de vie.

— Ça vous est venu comment ? »

Il me regarda de travers.

« Comme une chaude-pisse. »

Et il ajouta en se levant :

« Vous êtes du genre à demander à l'écrivain d'où lui vient l'inspiration, pas vrai ? »

Au bout du comptoir, il décrocha un téléphone qui, par miracle, fonctionnait. Je le vis passer un coup de fil, puis un autre. Il chuchotait, je n'entendis rien.

Il revint ensuite vers moi.

« Je vous fais la visite ? Il y a dans la chambre Villon tout un système de cordes et de poulies au-dessus du lit, pour les adeptes de l'asphyxie.

— J'imagine la scène : "Tu veux voir Montfaucon ?"

— Ne soyez pas vulgaire.

— J'espérais seulement être rabelaisien. »

Un silence gêné s'installa.

L'Annamite s'affairait derrière le comptoir.

Au bout d'un moment, le Sachem disparut par une porte dérobée. Je m'intéressai, pour passer le temps, aux décors de coquillages de stuc, aux gravures de Callot pendues ici ou là, ainsi qu'à ces marbres antiques aux airs d'infirmes tapis dans l'ombre.

À son retour, le Sachem annonça :

« Jo le Chanceux ne devrait plus tarder. Vous savez vous servir de ça ? »

Il posa un vieux pistolet allemand sur la table.

« Je suis traducteur.

— C'est oui ou c'est non ?

— Pendant la guerre, une fois, j'ai… »

Le Sachem remit l'arme dans sa poche.

« Jo a accepté de vous rencontrer ici ?

— Étonnant, pas vrai ? Il doit se sentir sûr de lui.

— Vous allez vous rendre ?

— Je vais négocier. Ils veulent la filière, ils peuvent l'avoir. Je saurai me reconvertir, je l'ai déjà fait.

— Boîtes de nuit ? Racket ? Politique ?

— Je pensais à une maison d'édition.

— Vous déconnez ! »

Des coups retentirent à la porte. L'Annamite alla ouvrir.

Jo le Chanceux fit son entrée, suivi de Léonce. Ils me jetèrent un regard mauvais en s'asseyant. Jo offrit des cigarettes que personne n'accepta. Le Sachem n'était pas là pour fumer le calumet de la paix.

« Il paraît que t'as quelque chose à me dire, commença le propriétaire des lieux.

— Il était temps que tu déchiffres !

— Fallait y aller franco, je percute pas au sous-entendu.

— Si tu veux de l'explicite, voilà : on va te régler ton compte. Je peux pas être plus clair. Du vrai espéranto !

— Qu'est-ce que tu fous ici, dans ce cas ?

— Je m'assure que le message passe. Le porte-parole est du genre à embellir, j'ai pas confiance, ajouta-t-il à mon endroit.

— Ma fille va bien ?

— Ouais.

— Alors écoute, je vais pas te faire un roman : l'époque est à l'emphase. Les Corses, les Marseillais, la police française, c'est du classique. Les mafieux de Lucky Luciano, on est déjà dans la parodie. Alors la CIA, c'est carrément du burlesque. Partis comme on est, je m'attends à voir l'US Army débarquer d'un moment à l'autre, façon D-Day, avec support aérien et tout le toutim. Alors, je crois qu'il est temps de raccrocher les crayons. Je te laisse tout, même cette taule, t'as qu'à la transformer en dancing ou la raser pour faire un drive-in. Le légataire universel, l'ayant droit, l'héritier des droits d'auteur jusqu'à ce que tout tombe dans le domaine public. T'en dis quoi ?

— J'en dis que c'est tentant mais que c'est pas la consigne.

Je vais avoir les Marseillais sur le dos. La conciliation à l'amiable, ça leur parle pas, aux frères Guérini. Ils sont plutôt dans la compréhension littérale, le genre pied-de-la-lettre.

— Tu sauras bien trouver les mots.

— Possible. De toute façon, je suis pas contre les changements de plan de dernière minute, vu que moi-même...

— Toi-même ? »

Le Sachem n'avait pas fini de poser sa question que Jo et Léonce sortaient leurs flingues et nous mettaient en joue.

« C'est quoi cet effet de style ?

— Juste pour s'assurer l'attention du public jusqu'au bout. Écoute ce que j'ai à te dire : ta fille, je sais pas où elle est. Pendant la fusillade à la Courtille, elle a... »

Il ne put pas finir. Le couteau lancé par Cong Tam lui traversa la joue et ressortit de l'autre côté.

Ce qu'on appelle couper la chique.

La Lucky tomba sur le tapis.

D'un coup de pied, le Sachem renversa la table. Jo et Léonce firent feu en même temps, un double éclair sinistre figea une scène d'eau-forte.

Le Sachem avait plongé derrière le comptoir, il se mit à tirer à son tour.

Je rampai sous un canapé.

La porte du vestibule s'ouvrit : attirés par les coups de feu, le Corse qui avait accompagné les New-Yorkais depuis Marseille et deux acolytes firent irruption, les armes à la main.

Léonce leur cria :

« Jo a voulu vous doubler avec le Sachem ! »

Du coup, ils ne surent plus sur qui tirer. Le Sachem en profita pour en descendre un et Jo toucha Léonce à la jambe.

De petites flammes embrasant le tapis là où était tombée la cigarette de Jo, la sarabande s'illumina d'un rayonnement sanglant insuffisant à distinguer qui était qui. Les Corses, Jo, l'Annamite, le Sachem, même Léonce sur une jambe, tous se mirent à se poursuivre à travers le bordel, dans un fourmillement de groupes étranges où un visage apparaissait parfois à la surface de la lumière pour replonger immédiatement dans la boue.

Tout cela allait, venait, criait, tout mêlé, confondu, superposé.

Prince aussi les chassait en aboyant mais impossible de dire si son ombre appartenait à un homme ou à un chien.

Ça canardait dans la chambre Villon, ça se bastonnait dans la Thénardier.

La fumée du tapis se répandait et mêlait tout en une brume incohérente de pandémonium.

De peur de suffoquer, je rampai vers la sortie mais une forme me devança à la course.

« Rattrapez-le », cria le Sachem derrière moi.

Je sortis à l'air libre derrière Jo.

La nuit avait fait tomber un brouillard confus. Les vieilles baraques aux façades ratatinées ressemblaient à d'énormes tronches d'antiques greluches en rang d'oignons.

Je cherchai Jo de chaque côté de la rue. Il s'était planqué derrière la Simca garée un peu plus loin, de l'autre côté de l'égout à ciel ouvert. À ce moment-là, je vis une autre voiture tourner à l'angle et foncer sur la chaussée défoncée.

La vitre arrière s'ouvrit, un canon apparut et le feu d'artifice commença.

Une main m'attrapa par le col, je n'eus le temps que de distinguer le bout de la cigarette de Jo s'allumer avant qu'on me tire à l'intérieur.

Comment faisait-il pour fumer avec un trou dans chaque joue ?

Des sirènes de police retentirent, des coups de sifflet, des coups de feu.

Une rafale de mitraillette atteignit la Simca qui explosa façon bouquet final.

Et Jo avec.

« Mauvaise idée, l'acétone... »

Le Sachem boucla la lourde avant la fin de la pétarade.

« C'était les New-Yorkais, expliquai-je.

— Maillet va s'occuper d'eux.

— Maillet est déjà ici ?

— Je l'ai prévenu.

— Il a déjà essayé de vous avoir deux fois et vous l'avez prévenu ?

— Ne vous en faites pas, je lui ai donné ce qu'il voulait.

— L'opium ?

— Je connais mon Maillet : les intérêts de l'armée française ou de la France tout court, il s'en fout comme de sa première croix de fer.

— Quoi, alors ?

— Mes Mémoires.

— Vos Mémoires ?

— Il ne voulait pas que je les écrive. Trop compromettant pour lui.

— Comment il savait ?

— Par vous.

— Je ne lui ai rien dit !

— Vous avez fait des allusions qu'il a mises bout à bout. C'est un sale type mais un excellent flic. Question flair, c'est un cador. Seulement, les temps de paix ne sont pas faits pour lui. C'est dans sa nature : il ne sait pas faire les choses dans les règles. Pendant l'Occupation, ça flinguait à tout-va, il était dans son élément. Le carnage d'aujourd'hui devrait lui rappeler des souvenirs, ça va le mettre de bonne humeur.

— Il vient pour quoi ?

— Je l'ai appelé pour lui proposer un marché : son aide contre mon silence. J'avais déjà renoncé à mes Mémoires, de toute façon.

— Tout ça pour un livre même pas écrit.

— Le pouvoir de la littérature ! »

Derrière nous, l'Annamite s'affairait à éteindre le tapis en flammes.

« Buvons un coup en attendant qu'ils règlent ça entre eux là-dehors », proposa le Sachem.

Nous nous assîmes sur les tonneaux hauts comme des trônes du comptoir.

« Whisky ?

— Whisky. »

Nous bûmes en silence. Je pensai qu'il devait y avoir trois

ou quatre cadavres à l'étage, dont celui de Léonce. Maillet allait-il m'embarquer ?

Je n'avais tué personne mais je pouvais passer pour complice.

Après tout, pourquoi pas ? Homère était voleur, Ésope vagabond. Et Villon, bien sûr, Villon, argotier, voleur et assassin.

Je n'aurais probablement pas été plus mauvais en truand qu'en traducteur.

Maillet interrompit mes réflexions en entrant :

« C'est pire qu'à Chicago, ici. Pour un peu, je me croirais Eliot Ness venu fermer un *speakeasy* de Capone.

— Dans le genre incorruptible…

— Non, c'est la cour des Miracles, et vous êtes le prévôt !

— Finalement, tout ça, c'est du pareil au même.

— Épargnez-moi votre littérature ! »

## VINGT-QUATRE

« Prince, reviens ici ! »

Le bichon de Suzanne jouait entre les bureaux du 36, quai des Orfèvres.

« Il va encore chier partout… »

Le commissaire Maillet m'avait fait garder vingt-quatre heures au frais.

« Juste pour vous couvrir.

— De quoi ?

— J'ai fait prévenir votre femme.

— Évidemment… »

Obligeamment, il m'avait porté son exemplaire de *L'argot des voleurs*, le dictionnaire de Vidocq, en cellule.

« Saviez-vous qu'il considérait les mots d'argot comme des difformités du langage, et l'expression naturelle de ces monstres sociaux que sont les criminels ?

— Ne sommes-nous pas tous un peu des monstres ?

— Disons qu'il est "assez ordinaire aux hommes de passer d'une extrémité à l'autre".

— C'est de qui ?

— Vidocq.

— Vous m'avez menti.

— À propos de ?

— Vous avez bien lu Vidocq.

— Évidemment.

— Pourquoi ?

— Pourquoi j'ai lu Vidocq ?

— Pourquoi m'avoir menti ?

— Il faut toujours mentir sur ses lectures. Les lectures, c'est comme des aveux signés. Pas besoin d'interrogatoire, c'est le sérum de vérité. Rien ne vous trahit autant qu'un livre. Alors, si on lit peu, il faut faire croire qu'on lit beaucoup, pour que l'adversaire vous surestime. Si on lit beaucoup, c'est le contraire, pour qu'il vous sous-estime. Qu'il ait de vous des idées fausses vous donne l'avantage. Il faut garder dans sa bibliothèque des livres qu'on ne lira jamais et brûler ceux qu'on aime, pour tromper l'ennemi. "Un agent de police ne doit dire ses idées à personne, pas même au bon Dieu".

— Encore Vidocq ?

— Toujours. »

Avant de me laisser partir, il m'autorisa à faire mes adieux au Sachem. Une autre faveur que je devais probablement aux mérites professionnels de mon épouse.

Le truand était en cellule pareil à la première fois que je l'avais vu, chez lui, les charentaises en moins. Il lisait un volume des *Mémoires* de Vidocq. Décidément, le commissaire aimait jouer les bibliothécaires.

« Vous savez qu'il n'a pas écrit ça lui-même ? Il a eu plusieurs nègres qui ont œuvré à transformer cet ancien voyou aux méthodes controversées en légende parisienne. Aujourd'hui, qui se souvient de leur nom ? Preuve que l'auteur d'un livre n'importe pas, seul compte son effet. Nous avons été à deux doigts de réussir quelque chose dans le genre, vous et moi.

— Vous vouliez devenir une légende ?

— Une légende, ça se guillotine aussi bien qu'un autre. Ils vous relâchent ?

— La réputation de ma femme joue pour moi, sans compter que Maillet me croit incapable de commettre le plus petit délit, voire même incapable tout court. Et vous ?

— Moi, je vais servir la patrie, oui monsieur ! La France ne compte pas mettre fin au trafic d'opium, elle voudrait juste que l'argent serve à lutter contre le Vietminh plutôt qu'à l'armer. Tant qu'à faire, elle préférerait aussi que les bénéfices restent sur le sol national plutôt que de s'envoler outre-Atlantique. Dans la concurrence internationale, on mise sur le truand *made in France*, c'est-à-dire sur mézigue. Vous imaginez si elle a les yeux en face des trous, la France ? Toujours est-il que mes filières fonctionnent, il suffit de me reconvertir. À partir de maintenant, notre glorieuse armée se charge d'acheter la production dans le Triangle d'or et de la convoyer jusqu'à Saigon, avec troupes spéciales, commandos aéroportés et tout le tralala. Avec l'imagination qu'on leur connaît, nos gradés appellent ça l'opération X.

— Un lien avec le 7X ?

— Le quoi ?

— L'ingrédient secret du Coca-Cola. Il y a donc bien de la drogue dedans ?

— Qu'est-ce qui vous prend ?

— Excusez-moi, il y a trois jours que je ne dors pas.

— Donc, c'est à Saigon que nos passeurs prennent le relais. Évidemment, il va falloir partager le gâteau avec les Corses, qui ont Lucky Luciano derrière eux, mais il y en a pour tout le monde. Mes contacts en Afrique du Nord intéressent, des fois que les cocos bloquent à nouveau Marseille. La *french connection* repart à la conquête du Nouveau Monde, comme aux beaux temps du chemin de Buenos Aires !

— Et les morts de la Pomme de Pin ?

— Sur le dos de Cong Tam.

— Votre Annamite ?

— *Mon* Annamite, *mon* Annamite… Comme vous y allez ! Vous voulez que je vous dise ? Vous avez la mentalité coloniale.

— Vous pouvez arrêter de jouer les révolutionnaires maintenant que vous travaillez pour l'armée française.

— À l'heure qu'il est, Cong Tam vogue incognito pour l'Indochine. Là-bas, ils ont autre chose à faire que d'aller le chercher au fin fond de la jungle.

— Il mérite bien son nom.

— La fidélité, c'est rare dans mon métier.

— Si je vous parlais du mien… Et Jo le Chanceux ?

— Lui aurait pu mieux choisir son pseudonyme. À l'heure qu'il est, la voirie balaie ses derniers petits morceaux rue des Forges. L'accident bête, la faute à pas de chance…

— Pas *lucky*, mais *strike.*

— Vous vous améliorez.

— Alors tout est bien qui finit bien ?

— Non.

— Non ?

— Ils me gardent à l'ombre quelques mois, histoire que ça jase pas trop dans le Milieu. C'est pour ça que j'ai besoin de votre aide.

— Vous n'allez pas vous remettre à écrire ?

— Je suis reconverti, je vous dis.

— Alors ?

— Retrouvez ma fille. »

Maillet me reconduisit à la porte, Prince dans les bras.

« Vous l'emportez, évidemment ?

— Moi ?

— C'est ça ou la fourrière. C'est pas votre genre... »

Non, ce n'était pas mon genre, si tant est que j'avais un genre.

« Alors, votre avant-gardiste ? demandai-je au concierge.

— Libéré.

— Content ?

— L'affaire fait débat au sein du mouvement, je crains la scission des ultra-lettristes actionnistes.

— C'est mal ?

— Pas forcément. Difficile de séparer l'art de l'action, de nos jours, vous ne croyez pas ?

— On voudrait qu'on n'y arriverait pas... »

## VINGT-CINQ

Cette fois, mes supposés talents exégétiques ne furent pour rien dans la résolution de l'enquête que m'avait confiée le Sachem.

Il me suffit d'ouvrir la porte de mon appartement pour trouver Suzanne en grande conversation avec Gisèle et Norman autour d'un odorant bœuf Stroganoff.

Prince m'échappa pour sauter sur les genoux de sa maîtresse.

Nous nous tombâmes tous dans les bras, sauf Norman qui sirotait un verre de mon beaujolais pour accompagner le stroganoff.

« Qu'est-ce qu'on célèbre ? L'amitié franco-russe ? »

Suzanne me montra la bouteille de Coca-Cola qu'elle buvait.

« Oh, c'est carrément l'entente universelle entre les peuples, le banquet pour la paix ! Vous êtes l'avenir de la coopération Est-Ouest ! »

Norman fit la grimace.

« Tu veux quelque chose ?

— Une vodka, tovarich.

— Sérieusement ?

— Je suis un non-aligné.

— Allons bon ! »

Quelques minutes plus tard, quand les deux jeunes gens s'en furent allés en promenade digestive en compagnie du chien, je me jetai sur le plat.

« Comment est-elle arrivée ici ?

— Piotr l'a amenée.

— Piotr ?

— Le jeune Polonais, il a réussi à la sauver après t'avoir aidé à t'enfuir.

— Et il s'est dit qu'il allait l'amener ici ?

— Il ne savait pas quoi en faire. Il a risqué sa couverture pour nous.

— Tu es communiste ?

— Je ne suis pas membre du parti, si c'est ce que tu veux savoir.

— Compagnon de route ?

— Disons.

— La cinquième colonne, c'est toi ?

— Tu lis trop de romans d'espionnage.

— Ce n'est pas une réponse. Et d'ailleurs, tu sais parfaitement que c'est faux. Mais je vais peut-être devoir m'y mettre. Voyons si j'ai des prédispositions : c'est toi qui as infiltré un jeune militant communiste polonais et plutôt beau garçon dans les rangs de la CIA en France.

— Comment j'aurais fait ça ?

— Parce que le directeur du Psychological Strategy Board est ton ex-mari ?

— À ce propos, il te fait dire que l'offre de travail tient toujours, malgré la mort de Johnny.

— Il faudra déménager à Denver ?

— Pas forcément. Le gouvernement français est en train de se rallier plus ou moins spontanément aux impératifs de la contre-offensive psychologique. On ne craint plus le coup de Paris, façon Prague, avec agents parachutés par avion et les chars soviétiques qui suivent, mais plutôt les menées antinationales. La désinformation, voilà le nouvel ennemi. Et comme chacun sait, il faut lutter contre l'ennemi avec ses armes. Étant donné l'étroite collaboration – pour ainsi dire – des services américains et français, je ne doute pas qu'il puisse te pistonner dans un comité secret quelconque.

— Pas jaloux, l'ex-mari.

— Il a toujours été du genre à faire passer la raison d'État avant tout le reste. Il n'y a pas que pour la guerre, qu'il était froid.

— Je ne veux pas en savoir plus. Le Ricain s'appelait vraiment Johnny ?

— Oui.

— On le mettrait dans un roman, personne n'y croirait ! »

Je lui fis le récit de mes aventures mais elle en connaissait déjà la plupart, que ce soit par son ex-mari, par Piotr, par le commissaire Maillet ou par Suzanne. Tout le monde semblait n'avoir rien d'autre à faire que de parler de moi à ma femme.

Après, ce fut son tour de passer aux aveux :

« Les Américains avaient appris que Fagne était en vie et de retour à Paris. J'ignore comment. Un espion, un transfuge, ou tout simplement quelqu'un qui l'avait croisé dans un bordel. Ils se sont dit qu'ils pourraient le convaincre de travailler pour eux, comme d'autres anciens nazis. Il avait passé plusieurs années derrière le rideau de fer, son anticommunisme et sa foi en une culture européenne pouvaient être mis à profit pour leur stratégie d'endiguement. Mais, toute CIA qu'ils sont, ils n'ont pas réussi à le retrouver. Alors Johnny a pensé à toi…

— Le Ricain ?

— Non, mon ex-mari.

— Il s'appelle aussi Johnny ?

— Norman lui avait dit que si quelqu'un sur cette planète était capable de retrouver un écrivain à partir de quelques lignes sur un papier, c'était bien toi.

— C'est gentil de la part de Norman.

— Je crois que "obsessionnel" est le mot qu'il a employé.

— Merci.

— Mais j'ignorais tout de Jo le Chanceux et du Sachem, promis. C'est Johnny tout craché, ça. Capable de sacrifier mon mariage pour gagner la guerre froide. Il va m'entendre, tu peux me croire !

— Ne sois pas trop dure.

— Non ?

— Grâce à lui, j'ai enfin de quoi l'écrire, ce roman.

— Grâce à moi, aussi.

— La section de remerciements risque d'être plus longue que le texte… »

Les jeunes revinrent de promener Prince avec un jeu que Suzanne avait repéré dans la vitrine d'un magasin. Ça s'appelait Scrabble et ça venait de débarquer d'Amérique. Norman avait mis ses scrupules idéologiques de côté pour le lui offrir.

Et la petite que j'avais vue à son bras au Vaudou ?

Ça a deux fers au feu mais ça joue les utopistes !

Je les battis à plate couture au Scrabble trois fois d'affilée et Norman rentra au Quartier latin en pestant contre les divertissements impérialistes.

J'appelai ensuite Maillet pour qu'il prévienne le Sachem que sa fille était saine et sauve, et qu'elle resterait quelque temps chez nous, en attendant.

Une fois Suzanne au lit, Gisèle et moi nous retrouvâmes enfin dans notre chambre.

« Je suis heureuse que tu sois rentré, dit-elle en s'asseyant tout contre moi. Désolée d'avoir retouché tes corrections.

— Je préfère ce genre d'infidélité-là. Et puis, c'est comme celui qui vole un voleur, il est à moitié pardonné.

— Je ne suis qu'à moitié pardonnée ?

— Disons que tu es en période probatoire.

— Tu as fréquenté trop de truands. »

## VINGT-SIX

Je tendis à Gisèle le chapitre que je venais d'écrire. Elle alla s'asseoir sous la fenêtre pour le lire.

> *Le jour d'aller fourguer mon bouquin à Duhamel, la patronne n'a rien trouvé de plus bath que de me coller de corvée de barbaque. L'art passe après le casse-dalle, bonjour les priorités ! Faut dire que sa blanquette, c'était Drouant, un Goncourt trois étoiles à elle toute seule. En fait de cordon-bleu, elle valait le ruban rouge, ma Gisèle, la rosette des popotes ! Duhamel allait mijoter dans son jus quelques heures de plus, des fois que ça puisse lui attendrir la viande !*

Il faisait beau sur Paris. Les toits miroitaient dans le soleil de midi. On se serait cru à San Francisco. Je me fis la réflexion qu'il pleuvait presque tout du long, dans mon roman. C'était peut-être mon état d'esprit maussade ou qu'on avait eu un automne particulièrement pluvieux.

Ou seulement un cliché, pour faire réaliste.

Gisèle ouvrit la fenêtre et s'assit à notre table de travail pour corriger mon dernier chapitre.

*Le lendemain, date fixée pour la remise du manuscrit, je sortis tôt chez le boucher. Pour fêter l'évènement, Gisèle m'avait promis une blanquette pour le soir.*
*Duhamel ne serait pas mort de patienter un jour ou deux de plus mais je voulais lui montrer que l'auteur ne partageait en rien les mauvaises habitudes du traducteur. Écrire, c'est sérieux. J'avais donc passé la nuit à fignoler les dernières corrections et Gisèle, fidèle même à mes impatiences, avait fini de tout taper à la machine à l'aube, pendant que je prenais une ou deux heures de sommeil mérité.*

« C'est bien mais Duhamel préférerait plus d'argot.

— On ne va pas recommencer ! Tu lui donnes des gangsters en veux-tu en voilà, des espions, des agents doubles, triples, des enlèvements à répétition, tout un tas de cadavres, des fusillades, des policiers corrompus, de la drogue, même une explosion finale. Qu'est-ce qu'il lui faut de plus ?

— Ça manque un peu d'érotisme.

— Je t'en donnerai de l'érotisme, moi !

— Des promesses… »

Je m'étais présenté chez Gallimard le lendemain de mon retour pour signer le contrat et toucher l'avance de la traduction promise à Gisèle par le directeur de la Série Noire. Il s'agissait d'un roman de John B. Pooey, *The Little Horsewoman*

*Grassed Up*, preuve qu'on commençait finalement à me faire confiance dans la maison.

En me voyant, Martine avait poussé de grands cris. Elle était au courant de mon kidnapping.

« Duhamel aussi ?

— La police est venue.

— Qu'a-t-il dit ?

— Qu'il n'avait jamais entendu de pire excuse qu'un enlèvement pour rendre une traduction en retard. Moi, je lui ai répondu que c'était sans doute fait exprès pour vous immerger dans le monde des romans que vous traduisez, et que cela dénotait une grande conscience professionnelle. Et toc !

— Il est dans son bureau ?

— Non, il est à New York, pour signer des contrats. Vous voulez lui laisser un message ?

— Dites-lui que mes mésaventures m'ont inspiré un roman noir. Rien que du vécu, plus réaliste tu meurs. Pas de littérature, de l'action, rien que de l'action. Je veux être le premier auteur français publié à la Série Noire !

— Le premier ? Mais mon pauvre monsieur Centon, c'est qu'on en a déjà deux, des auteurs français. »

Encore une fois, j'étais arrivé trop tard.

« Deux ?

— Terry Stewart et John Amila, ce sont des pseudonymes d'auteurs français. Je pensais que vous saviez. Il faut venir plus souvent aux conférences de rédaction. »

Elle rougit de ce petit reproche.

« C'est qui ?

— Oh, je n'ai pas le droit de…

— Et Boris Vian ?

— Boris Vian ?

— Il a traduit *La dame du lac* et *Le grand sommeil.* C'est lui, Raymond Chandler ?

— Pas que je sache. »

Elle n'avait pas l'air bien sûre. Depuis le début, j'avais soupçonné que Marcel Duhamel écrivait lui-même tous les romans qu'il publiait et qu'une grosse partie de son travail consistait à les doter d'auteurs fabriqués de toutes pièces. Ce devait être une tâche ardue, qui justifiait ses fréquents voyages aux États-Unis. Inventer un auteur, c'est tout de même autre chose qu'écrire un roman !

Boris Vian s'y était essayé, en écrivant son faux original en anglais de *J'irai cracher sur vos tombes.* J'en ai vu un exemplaire chez Arthur Geiger, depuis, un jour où j'étais allé lui commander un faux diplôme de détective pour Alfons, parafé par Michel Maillet en personne. Le détective méritait bien ça pour son aide parfois involontaire. Pour plus de véracité, j'avais amené la signature du commissaire sur un billet doux adressé à ma femme :

« Il n'y en a que deux dans le monde, m'avait dit le libraire à propos du faux *J'irai cracher sur vos tombes.* L'autre est entre les mains de la justice.

— Vian l'a écrit ?

— Les gens sont prêts à payer des fortunes pour une contrefaçon d'original, imaginez pour une contrefaçon de faux original.

— Vous ne répondez pas à ma question.

— Disons qu'il s'agit d'une imitation de contrefaçon de faux original. C'est très rare… »

Après tout, la Série Noire n'était peut-être qu'une grande farce, une entreprise éditoriale surréaliste de grande ampleur, un complot avant-gardiste destiné à miner les fondements de la littérature classique.

De faux Américains britanniques, des Français sous pseudonyme, de fausses traductions, des originaux apocryphes, des auteurs traducteurs, la collection était finalement à l'image du monde nouveau : un collage de cultures, un pot pourri polyglotte, un palimpseste permanent, un *work in progress*.

Et je m'y sentais parfaitement à l'aise.

À son retour, Duhamel s'était montré intéressé par mon projet. Il m'avoua même qu'il songeait depuis longtemps à ouvrir la collection au monde des truands français. Tel que je le voyais, il l'aurait ouverte à plus ou moins n'importe quoi. Sous couvert de genre policier, la Série Noire ratissait large. Duhamel voulait du réel, et le réel est infini. La collection menaçait de l'imiter. Un trou noir plus qu'une série : tout pouvait tomber dedans. Même moi…

Qui savait comment je ressortirais de l'autre côté ?

Visionnaire mais néanmoins pragmatique, Duhamel ne voulait pas de problèmes avec le Milieu. Je dus donc téléphoner au Sachem dans sa cellule pour obtenir son autorisation.

« J'ai déjà essayé de raconter ma vie deux fois, il ne manquerait plus que je vous en empêche. Mais rappelez-vous comment ça a fini jusqu'à présent. Jamais deux sans trois…

— Des consignes ?

— Une vie, qu'est-ce que c'est ? Une succession d'évènements dont personne n'est capable de se rappeler de façon exhaustive. Avec ceux dont on se souvient ou dont on veut se souvenir, on construit une histoire qui nous ressemble. On la raconte aux autres et les autres s'en inspirent pour raconter leurs propres histoires sur nous. Une vie, ce n'est pas réel, ce n'est que les récits qu'on en fait. À peine l'évènement passé, il ne reste que les mots avec lesquels on le raconte. Nous ne sommes pas des hommes, nous ne sommes que des récits, et les récits, chacun les interprète à sa façon. C'est comme les livres : leur sens n'apparaît que lorsqu'ils sont lus.

— Sauf si la censure fait correctement son travail, intervint la voix du commissaire Maillet, qui nous espionnait sur un troisième téléphone. Centon, je vous interdis de dire un mot de l'opération X, c'est compris ?

— Promis.

— Et quoi que vous croyiez savoir sur moi, vous oubliez. Le passé, c'est le passé, d'accord ?

— Croix de bois, croix de fer !

— Vous vous croyez malin ? »

## VINGT-SEPT

Le lendemain, date fixée pour la remise du manuscrit, je sortis tôt chez le boucher. Pour fêter l'évènement, Gisèle m'avait promis une blanquette pour le soir.

Duhamel ne serait pas mort de patienter un jour ou deux de plus mais je voulais lui montrer que l'auteur ne partageait en rien les mauvaises habitudes du traducteur. Écrire, c'est sérieux. J'avais donc passé la nuit à fignoler les dernières corrections et Gisèle, fidèle même à mes impatiences, avait fini de tout taper à la machine à l'aube, pendant que je prenais une ou deux heures de sommeil mérité.

« De l'épaule et du tendron, pour la blanquette. À la limite du flanchet s'ils n'ont pas de tendron. Et de première catégorie. Ne te laisse pas refiler des bas morceaux.

— L'original, jamais la copie ! »

À ma surprise, elle sortit en même temps que moi, une épaisse enveloppe sous le bras.

« Tu vas où ?

— Poster ça.

— Tu devrais te reposer un peu, je peux y aller en revenant. »

Elle me fit un signe vague qui pouvait vouloir dire « merci » ou « occupe-toi de ce qui te regarde », je ne m'étais pas amélioré pour déchiffrer le langage corporel. Toujours est-il qu'elle coupa court à toute question et que je me tordis en vain le cou dans l'escalier pour lire sur l'enveloppe une adresse que j'imaginais aux États-Unis ou à Moscou.

« J'ai lu votre dernière traduction, me dit le boucher. C'est épatant que les Amerloques disent encore "babillard". Ici, plus personne ne dit ça depuis longtemps !

— Elle l'a laissé ?

— Qui ?

— Ma secrétaire.

— Vous avez une secrétaire ? On apprend beaucoup sur la vie des écrivains, dans ce roman. Je n'aurais jamais imaginé que c'est comme ça qu'on procède quand on veut écrire un livre.

— C'est de la fiction, d'accord ? Tous les écrivains ne sont pas des assassins.

— Non, pas tous, j'imagine bien qu'il y a différentes méthodes. C'est comme la viande, les découpes ne sont pas les mêmes selon les pays. Mais ça doit aider de s'inspirer de son expérience, pour que ça ait l'air réaliste. Vous, vous avez écrit un roman, non ?

— Sur un urinoir.

— Oh. »

Et après un silence :

« Il y en a un peu plus, je vous le mets ? »

En début d'après-midi, je pris mon tapuscrit sous le bras et m'en fus l'apporter à Duhamel comme le marié monte à l'autel, les anneaux nuptiaux dans le creux de sa main.

Comme il faisait beau, je décidai de marcher. On aurait juré que j'essayais de faire durer le plaisir. Ce roman, c'était comme une renaissance. Je renouais les fils du passé, ma carrière interrompue par la guerre. J'avais l'impression de redevenir moi-même, plein d'innocent espoir à nouveau, oublié l'échec de ma première tentative. Après quelques années au purgatoire des traducteurs, le paradis des auteurs m'ouvrait à nouveau ses portes, et quand résonnent les trompettes célestes, personne ne se demande s'il s'agit de la porte d'honneur ou de la porte de service.

Les dieux de la littérature m'offraient une seconde chance, j'aurais été prêt à crocheter n'importe quelle serrure pour en profiter.

Que ferais-je ensuite ?

J'avais le choix.

Je pouvais laisser les traductions à Gisèle pour voler de mes propres ailes.

Écrire pour *Rapports France-États-Unis* ou la Voix de l'Amérique, par exemple.

Arthur Geiger m'avait aussi proposé d'inventer pour lui le *Roman du pet-au-Diable*, le texte perdu de Villon :

« J'ai des clients américains pour ce genre de choses. Ces gens-là ont le culte du bandit au grand cœur mais rien que quelques lettres de Calamity Jane comme texte fondateur. Alors Villon... »

Je pouvais continuer à traduire sous la houlette de ma

femme, écrire de la propagande pour le compte de son espion d'ex-mari ou mettre ma plume au service d'un faussaire patenté.

Quelles réjouissantes perspectives de carrière !

J'en étais à ces rêveries de pot au lait quand, au milieu du pont Royal, en vue du saint des saints, une grosse américaine stoppa devant moi. Je connaissais les deux hommes qui en sortirent. Le gros roux n'avait à première vue pas sa mitraillette sous son cache-poussière mais l'homme au Stetson portait son Stetson.

Ils me barrèrent le chemin.

« *The book.*

— Le livre ? Quel livre ? »

C'était une bonne question. Un livre est toujours différent selon qui le lit et tous les livres se donnent rendez-vous dans chaque livre.

Ils n'avaient pas l'air prêts à entendre ma théorie.

Le roux m'arracha le tapuscrit des mains et le jeta dans la Seine sans autre forme de procès.

Si je m'étais attendu à ça...

Les deux versions du Sachem avaient péri par le feu, la mienne tombait à l'eau. On a les calamités qu'on peut...

« *No one has to know the truth about Fagne.* »

La pieuvre impérialiste avait étendu un de ses tentacules jusqu'à Paris. La chasse aux sorcières venait de faire une victime au pays de la liberté d'expression.

Je croyais entendre rire le sénateur McCarthy.

« Mais c'est un roman ! Il s'en écrit tous les jours aux États-Unis qui dénoncent la corruption et la violence, et personne n'y trouve rien à redire. Les romans sont publiés, rien ne change, les auteurs ont la conscience tranquille et les lecteurs se divertissent. La CIA croit vraiment au pouvoir d'un roman ? »

D'une certaine façon, c'était rassurant.

Ils haussèrent les épaules.

« *Orders, you know.*

— *The other ones, they send writers to the gulag. Be happy we are the good guys.* »

Et le Stetson ajouta en désignant le fleuve :

« *But next time, you jump too.* »

Il dit ça tout sourire, comme il aurait dit : « j'aime beaucoup ce que vous faites ».

*Good guys*, tu parles !

Ils remontèrent en voiture.

« *See you, partner.* »

Je me précipitai sur la rambarde.

En bas, rien.

Mes ambitions littéraires venaient de couler à pic.

Depuis des mois les intellectuels communistes dénonçaient haut et fort le cancer impérialiste mais il fallait que sa vengeance s'abatte sur moi.

On m'y reprendrait à écrire des romans américains !

J'y voyais mon châtiment pour avoir cédé aux sirènes du goût du jour, à la mode américaine, pour avoir trahi mes principes esthétiques et mon héritage culturel.

Le grand fleuve de Paris chanté par Verlaine, Apollinaire et Hugo se chargeait de punir mes infidélités.

Le vieux Quartier latin des *escholiers* de Villon me fermait ses portes.

Je n'étais pas digne de ses augustes ruelles pour avoir choisi les *highways* de la publication facile.

Les cloches de Notre-Dame se mirent à battre à toute volée.

Venu à Saint-Germain-des-Prés en écrivain triomphant, mon laissez-passer pour la gloire littéraire sous le bras, c'est en traducteur vaincu que je rentrai chez mon épouse.

## VINGT-HUIT

J'ouvris la porte aussi discrètement que possible mais Gisèle m'entendit depuis la cuisine. La table était mise, j'avais longtemps erré avant de me résoudre à rentrer.

« Tu as rapporté une baguette ? »

La blanquette mijotait dans l'inaccessible graal de la marmite. Gisèle cherchait quelque chose dans le bas du Frigidaire qu'elle avait acheté à crédit pendant mon absence. Profiter de mon enlèvement, c'était mesquin, mais le vin blanc restait bien frais, j'avais fini par m'habituer, comme à tout.

En ressortant de là, un bouquet de persil à la main, elle remarqua immédiatement ma mine déconfite.

« Qu'est-ce qui s'est passé ? »

J'expliquai.

« Mets-toi à table, c'est prêt.

— Je ne sais pas si je la mérite, cette blanquette.

— C'est vrai que tu as oublié le pain. »

Je m'assis.

Elle déboucha un vouvray et nous servit.

« Tu sais ce qu'il y avait dans l'enveloppe ce matin ?

— Tes Mémoires ?

— Une copie carbone de ton roman. Duhamel l'aura sur son bureau demain matin.

— Tu avais prévu le coup ?

— C'est du Johnny tout craché. On ne vit pas mariée quinze ans avec un homme sans connaître ses petits défauts.

— Et les miens ?

— C'est pas bon, la blanquette froide... »

Je ne me fis pas prier. C'était parfait, même pas besoin d'assaisonnement.

J'avais tout fait pour ne plus dépendre des traductions de mon épouse, voilà le résultat...

Elle négociait avec la CIA, les communistes, la préfecture de police, elle traduisait à ma place, corrigeait mes romans, sauvait mes manuscrits et préparait la blanquette.

Même le vouvray était à température idéale.

« Je peux devenir ta secrétaire ? » demandai-je.

Elle sourit et me resservit.

« Seulement, maintenant, il va falloir réécrire la fin de *Pas de littérature !* »

C'est ce que je fis le soir même, après qu'elle s'était couchée.

J'en étais à la scène du tapuscrit dans la Seine quand quelques coups discrets furent frappés à la porte.

Immédiatement, la menace de l'homme au Stetson me revint en mémoire : « *next time you jump too* ».

Je n'aurais pas eu plus la frousse si le Ku Klux Klan tout

entier s'était pressé sur mon palier, avec du goudron et des plumes !

Mais non, ils ne pouvaient pas encore être au courant. Sauf si Gisèle...

Je balayai cette pensée.

Agent triple mais pas traîtresse.

On frappa de nouveau, je pris mon courage à deux mains pour ouvrir.

Ce n'était pas le sénateur McCarthy mais un petit type au chapeau mou rabattu sur les yeux, qui se tenait dans l'ombre, les mains dans les grandes poches de son imperméable en poil de lama.

« Je suis Dédé le Fondu. »

Il s'était présenté très aimablement mais je n'étais pas plus avancé.

Il ajouta :

« Le braqueur.

— Ah. »

Gisèle avait peut-être prononcé son nom en commentant la presse. Il avait une longue cicatrice sur la joue et un accent corse.

« Il faut que les gens sachent pourquoi je fais ce que je fais. Je ne suis pas aussi fondu qu'on raconte, j'ai eu une enfance difficile. »

Très bien, mais en quoi ça me concernait ?

« Je veux écrire un bouquin. On m'a refilé votre blaze. Paraît que vous êtes un teinturier de première. Et réglo, avec ça. »

Il y a pire, comme réputation. Prête-plume, c'était toujours mieux que porte-flingue.

« J'ai de quoi payer, susurra-t-il en vérifiant qu'aucune porte ne s'était entrouverte sur le palier.

— En billets non marqués ?

— On s'arrangera. »

Je le fis entrer.

« Ne réveillez pas ma femme, s'il vous plaît. »

Dans la machine à écrire, je remplaçai mon chapitre en cours par une feuille blanche. Dédé avait posé son flingue sur le guéridon avant de s'installer dans mon fauteuil de lecture.

Il semblait attendre mon signal.

« Vous dégoisez le jar ?

— J'ai mené les oies.

— Alors j'attaque ?

— Et pas de littérature ! »

## DU MÊME AUTEUR

**EYE-TRACK**, In8, 2021.
**MICTLÁN**, Gallimard, 2019 (Folio Policier n° 930).
**LA VESPASIENNE**, Albin Michel, 2018.
**MONARQUES**, Albin Michel, Paris, 2015 (co-écrit avec Juan Hernández Luna).
**MÉLANCOLIE DES CORBEAUX**, Actes Sud, Arles, 2011.
**LA LOI DE L'OUEST**, L'Atinoir, Marseille, 2009.
**LE LINCEUL DU VIEUX MONDE**, L'Atinoir, Marseille, 2008.

Direction artistique : Anne Lagarrigue
Maquette de couverture : Martin Corbasson

Composé en Greta Sans, Caponi Text et Times Europa
Achevé d'imprimer en février 2022
Imprimeur : Normandie Roto s.a.s.
N° d'impression : 2107292
Dépôt légal : février 2022
ISBN : 978-2-07-295476-4

**398298**

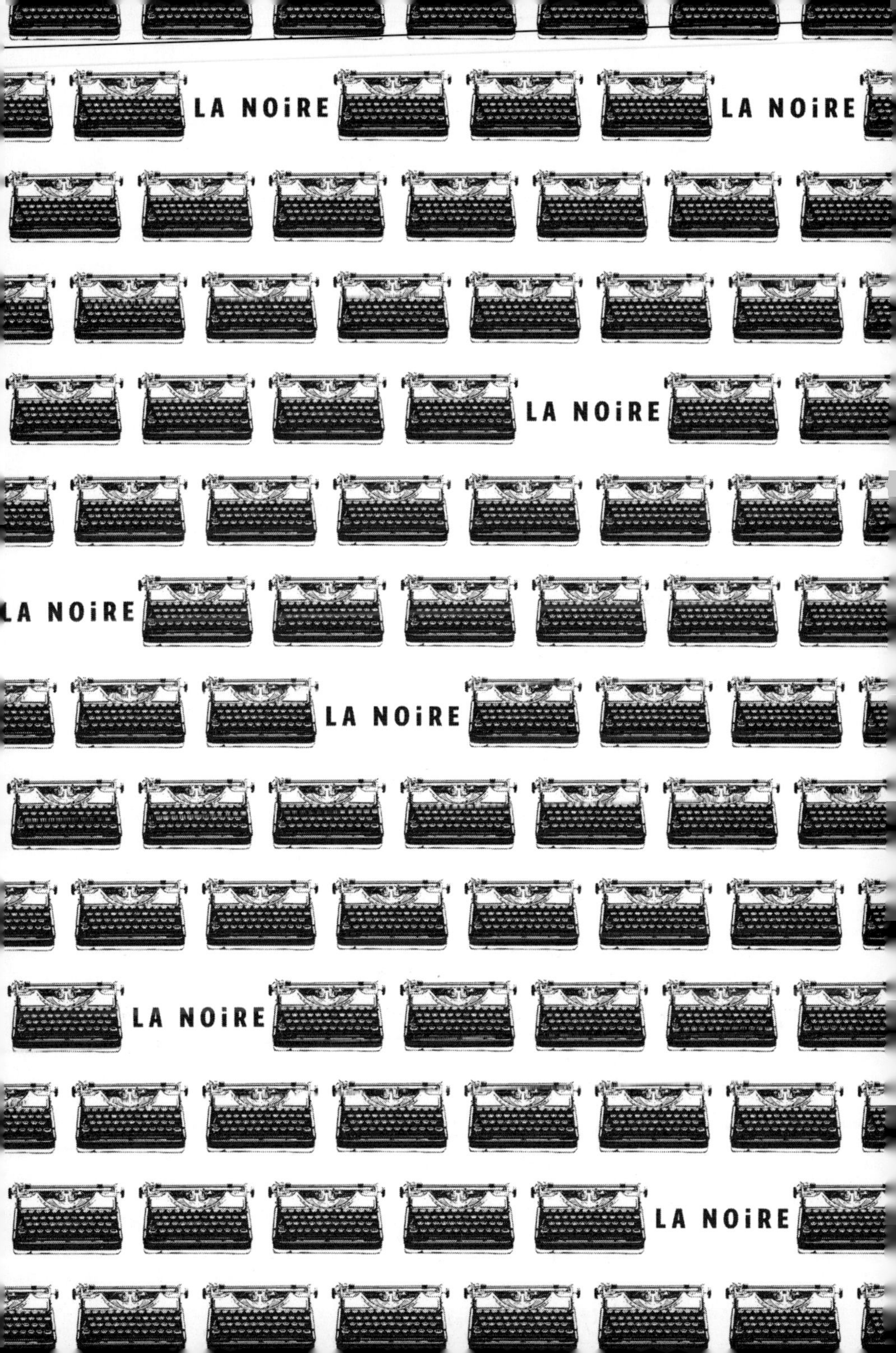
LA NOIRE
LA NOIRE
LA NOIRE
LA NOIRE
LA NOIRE
LA NOIRE
LA NOIRE

LA NOIRE
LA NOIRE
LA NOIRE
LA NOIRE
LA NOIRE
LA NOIRE
LA NOIRE

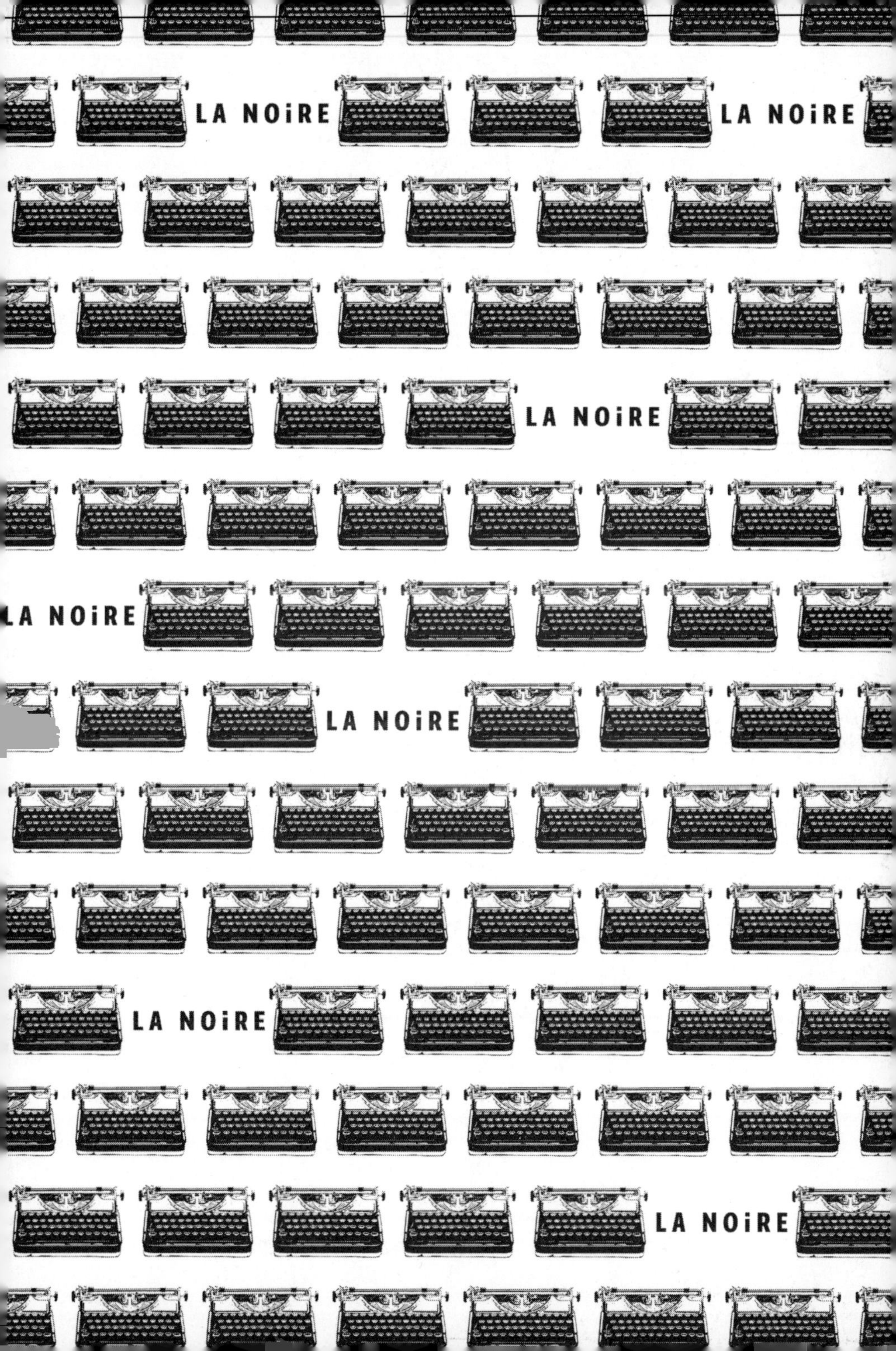
LA NOiRE
LA NOiRE
LA NOiRE
LA NOiRE
LA NOiRE
LA NOiRE
LA NOiRE

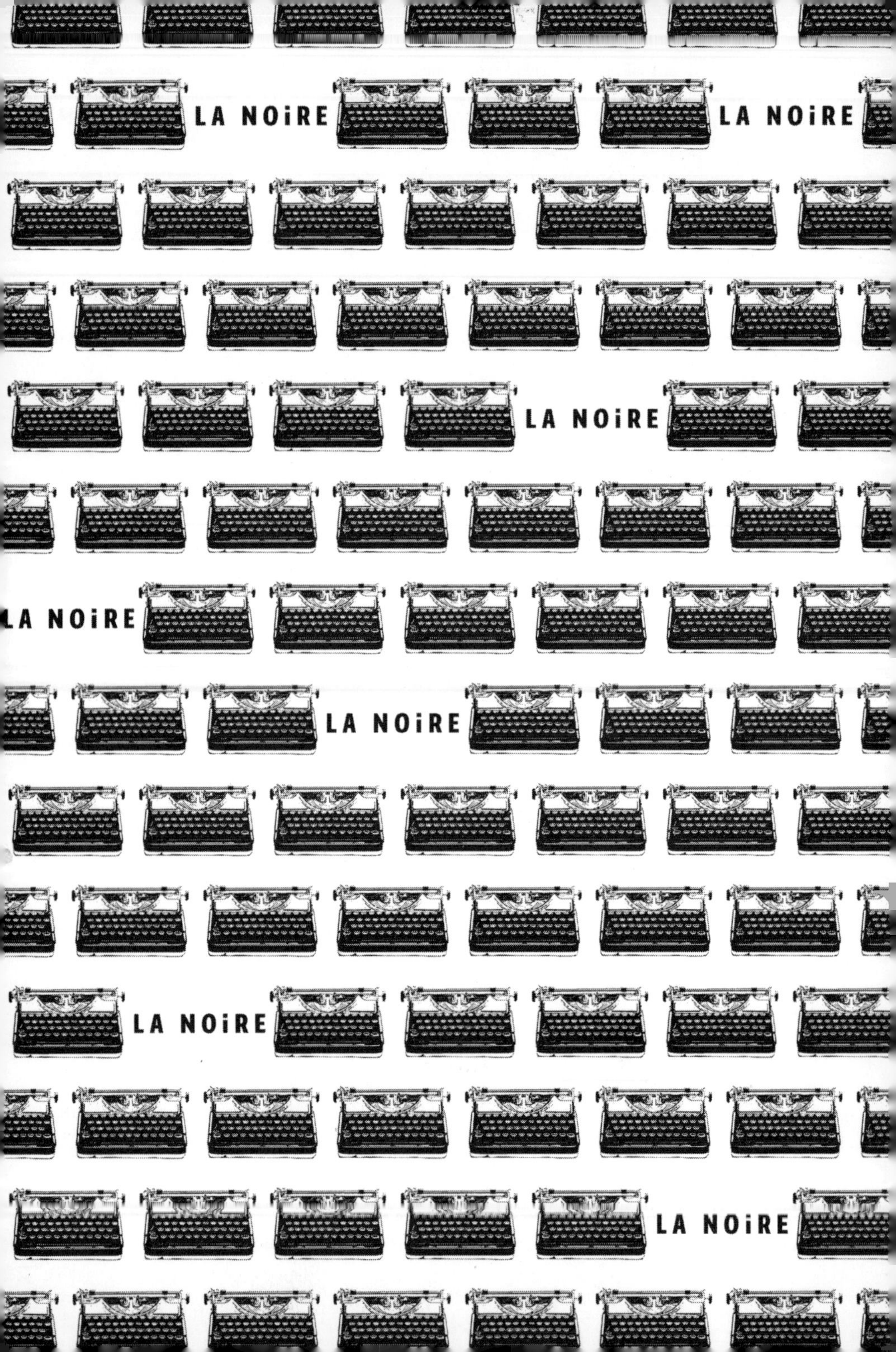
LA NOIRE
LA NOIRE
LA NOIRE
LA NOIRE
LA NOIRE
LA NOIRE
LA NOIRE